En La Aventura
Relatos Fantasticos

D1738433

En La Aventura
Relatos Fantasticos

Manuel Abraham Resendiz Arroyo

En La Aventura: Relatos Fantasticos
© 2011, Manuel Resendiz

ISBN: 978-1460931363

Ilustraciónes: Aaron Trigos
Prólogo: Roberto Cruz Mendoza
Diseño: David Small

1ERA. EDICIÓN
100 EJEMPLARES
IMPRESO EN LOS ESTADOS UNIDOS 2011

Estos cuentos son dedicados, muy especialmente a Michele Sperling. Muchas gracias por haber escuchado tantas andanzas y mis experiencias. Tú me dijiste que los escribiera, que eran dignos de mostrarlos al público. Te escuché, aquí están para el publico con mucho cariño y ahora si como debe de ser, en forma escrita. Donde quiera que te encuentres, se que los disfrutarás. Descanse en paz.

Manuel Abraham Resendiz Arroyo.

AGRADECIMIENTOS

Estos dibujos los dedico a las historias de Manuel. Es un gran amigo, con el que tuve grandes vivencias, muy agradables.

Con él tuve momentos que quedaron grabados en nuestros recuerdos, en los de tantos amigos y en la memoria de otros tantos, le dedico estos dibujos.

Aaron Trigos.
Otoño del 2010.

PALABRAS INICIALES

Esta reunión de relatos fantásticos, fue un largo proceso de integrar, de concluir, de editar los cuentos y el convencer al maestro Aaron Trigos de ilustrarlos, aunque realmente no fue difícil, gracias a nuestra amistad de más de 15 años. Siempre tuvimos la idea de expresarnos, ya fuera en forma escrita, con la pintura o la música. Donde la música, fue nuestro ultimo trabajo en conjunto.

Estos relatos han sido la manera de hacer un trabajo más profesional y eso nos hizo involucrarnos más en serio en este proyecto. Por supuesto quiero aclarar que es mi primera experiencia en introducirme a este género de los cuentos, fue realmente difícil para mí realizarlo. Mi experiencia es mas con los hechos históricos, pero gracias a ellos, me he involucrado en este género.

También aprovecho para agradecer a mis buenos amigos Roberto Cruz Mendoza, por realizar el prologo de este libro, a David Small por la edición y al igual a Martha Medrano por la corrección del mismo.

Al lector que tenga en sus manos estos relatos fantásticos, espero los disfrute, los difunda, los critique. Pero lo más importante, es que lea y perciba otra forma de ver el mundo.

Sin más que decir, a todos ellos gracias.

Morelia, Michoacán, México. 26 de agosto de 2010.

ÍNDICE

PRÓLOGO

Manuel Resendiz es historiador, comerciante, músico, guía de turistas, apasionado de la arqueología, de la aventura y amigo. Los relatos que ahora se presentan, dan testimonio de cada una de esas facetas y de una nueva: la escritura, aventura en la que recién se inicia.

Qué puede justificar la elaboración de estos relatos literarios, si no el afán de la aventura; la que implican, así como la que en ellos se testimonia, pues en buena medida los relatos no profesan ex-cátedra sino que provienen de la experiencia, enriquecidos por la fantasía.

Lo que sigue intenta dar cuenta de los temas puestos en juego en estos relatos de aventura, de dibujar sus contornos generales para localizar su fuente: esa apertura al encuentro[1] que el lector encontrará en sus textos. Se

---

1   Aquí encuentro sustituye al término "acontecimiento" que ha sido prenda del debate filosófico. Al respecto Derrida trata al acontecimiento como un "sí" a lo novedoso, a lo imprevisto o no programado: "Hay un «sí» al acontecimiento o al otro, o al acontecimiento como otro o venida de lo otro" (DERRIDA, J. "Cierta posibilidad imposible de decir el acontecimiento" en http://www.jacquesderrida.com.ar/textos/decir_el_acontecimiento.htm. Consultado el 22 de noviembre de 2010).

trata de transmitir, a juicio de quien esto escribe, una experiencia que forma parte de la vida del autor. Pero esa experiencia, (como se podrá leer también en los relatos y en las colaboraciones que componen este libro) ocurre siempre en el marco de la amistad.

Para facilitar el desarrollo hemos decidido dividir el análisis en dos partes (ambas conectadas como se verá) que tocan los temas generales de los relatos.

Las historias de fantasmas

Un tema importante de éste conjunto de relatos es el de las historias de fantasmas. En éstas existe de manera regular un delineamiento del espacio: existe un espacio cotidiano de los vivos y otro, donde las sombras aparecen a cualquiera que se acerque. Ese espacio está por lo tanto, maldito. La maldición tiene 3 condiciones: 1) Implica la existencia de un hecho trágico que ha permanecido oculto; es decir, sin alcanzar la palabra (una deuda de palabra simbólica) que lo sitúe, le otorgue reconocimiento o justicia, 2) Ese hecho queda fuera del tiempo: aunque ocurrido en el pasado sigue repitiéndose en el presente para todo visitador de la zona maldita, 3) La maldición se disuelve una vez que el hecho puede ser simbolizado.

En "La mujer de la bata rosa" por ejemplo, hay un hecho que por ser desconocido para los nuevos propietarios de una casa (le habría hecho mala propaganda a la venta de la misma, si contaran lo ocurrido), se vuelve presente, pero una vez que éstos lo conocen y le hacen los rituales correspondientes, la aparición fantasmal deja de ocurrir.

Estas historias de fantasmas que ponen en juego los elementos simbólicos, es decir, aquello que se articula con la ley de los deberes humanos, le ponen marco a la aventura, tal como se describe en los cuentos, pues ésta se organiza por bordear los límites del respeto y de la transgresión a esa ley.

Las condiciones de la aventura

Un elemento fundamental de estos textos es que son relatos de aventura. Pero ¿Qué es una aventura?. De acuerdo con el Diccionario de la Lengua Española[2] una aventura es, entre otras cosas, una "empresa de resultado incierto o que presenta riesgos" o una "relación amorosa ocasional". Ambos sentidos, como se podrá ver, se encuentran comprometidos en los relatos.

La aventura es una Tyché, un encuentro fortuito con lo inesperado, con lo que escapa al logos. Hace poco encontré en internet una revista que casualmente se llama Tyché y que tiene por tema algo que en estos relatos se toca: los placeres culinarios y los viajes. Picasso decía (y después Lacan lo repitió y profundizó) respecto de la forma en que elaboraba su obra: "yo no busco, encuentro"[3].

Lacan opone, por su parte, dos modos de causalidad de la contingencia descritos por Aristóteles: la Tyché y el Automatón[4]. Ambas son modalidades de la repetición inconsciente pero mientras que la Tyché es un encuentro con el real, el Automatón supone una repetición en la

---

2   En http://buscon.rae.es/draeI/.
3   Citado en LACAN, J. *El seminario. Libro 11: Cuatro conceptos fundamentales del psicoanálisis.* Paidós. Buenos Aires (Bs. As.), 1987. Sesión del 15/01/1964.
4   Cfr. Íbidem, sesión del 12/02/1964.

cadena del logos, en el simbólico. Tyché introduce una novedad mientras que Automatón no cesa de regodearse en lo antiguo. Todo el trabajo del análisis consiste en que el analizante se abra a la Tyché para que salga del Automatón. El aventurero es por tanto alguien que se orienta por la Tyché, que está listo para tener encuentros con ella.

Una primera apreciación de los relatos la haremos partir de un leit motiv de algunos que luego encontraremos incluso en los que no aparece explícitamente. Nos referimos a la búsqueda de tesoros. ¿A que responde la misma y cómo se sitúa el protagonista respecto de ella?, La respuesta no se deja esperar: Si hay un tesoro, es porque el relato pone un juego una riqueza escondida, da testimonio de ella. El protagonista es, en primer lugar, alguien que deja constancia de la existencia de ese tesoro, que divulga su existencia.

Si hacemos un pequeño inventario de las riquezas (mas allá del oro efectivamente hallado en 2 de las historias) a las que se hace referencia en los relatos tenemos lo siguiente: las naturales, con sus contrastes y su abundancia y las culturales; en especial las gastronómicas y las literarias (leyendas, mitos, etc.). A ellas se agregan las humanas, que a partir de la simplicidad, de la sencillez de los habitantes del panorama de las zonas no urbanizadas, producen pequeños tesoros, brindan su generosidad, su sabiduría y su amistad. La riqueza, está más en los lugares y en las personas que en el oro encontrado, eso es indudable, pero no sólo en éstos lugares, sino también en otros que están por descubrir. La riqueza en cuestión no es sin embargo, accesible a todos. Aquí la palabra, la admiración con que es comunicada nos permite apreciarla, distinguir sus contornos, localizar su diferencia irreemplazable. Esa actividad de apreciación está en los sentidos de quien la admira, no es suficiente lo admirado. Su causa no está del todo delante de los ojos sino en los motivos de la mirada, en lo que causa esa mirada ad-mirada.

Dos figuras constantes en los relatos enmarcan el acceso a las riquezas: 1) La figura del comerciante humilde, que ofrece sus manjares a lugareños y extranjeros. Él es el creador o la vía de acceso a las riquezas. 2) El protagonista, que con su actividad (de guía de turistas, por ejemplo) cumple dos funciones: acerca la derrama económica a la zona humilde y muestra al extranjero las delicias que antes desconocía o despreciaba. Efectúa una función de intermediario. No es ni extranjero ni lugareño; su posición atópica sostiene su función de guía. Guía de la aventura prometida.

En el texto aparecen, además, dos concepciones de la aventura. Ello se ilustra en el cuento "La princesa africana". El Gordo vive la aventura por placer, para enriquecerse, mientras que en Andrés hay algo que lo impulsa a continuar la aventura incluso en medio del peligro inminente. En un caso la aventura es deleite, diversidad, en el otro, es heroicidad, sacrificio.

La aventura tiene sin embargo siempre como futuro posible la muerte. Las historias de fantasmas (Cfr. "La tumba" y "El tesoro de la casona"), la amenaza que se cierne desde los vivos que abusan del poder que ostentan sobre los desprotegidos (Cfr. "El joven médico" y "La princesa africana") colocan a los protagonistas al filo de la muerte.

Pero los héroes son salvados de ella por dos condiciones: el amor (expresado a través de la solidaridad de los
lazos familiares o de amistad) y la prudencia. En "La
tumba" y "El tesoro de la casona" los personajes retro-
ceden ante la perspectiva de llevar demasiado lejos su
ambición (su aventura) y provocar la ira de los muertos.
En "La princesa africana" es El Gordo quien llama a
Andrés a la prudencia, exponiéndole los peligros de la
situación. Pero incluso cuando el golpe es inevitable, los
lazos de amor rescatan al protagonista del olvido a través
de una descendencia orgullosa que hace vivir su nombre
(como ocurre en "El joven médico"). Ante la alternativa
de perder la bolsa o la vida, el héroe opta por la bolsa.

Por eso el héroe nunca va sólo, y más allá de ello, salva a
la comunidad, pues es el promotor de negocios colectivos
y prósperos. Un otro aparentemente absoluto blande la
amenaza de muerte, sojuzga a la comunidad. Personajes
como Don Pablo, el dueño de la casona y su tía muerta,
el fantasma del hacendado y el banquero ambicioso en-
carnan dicha figura, que se encuentra en tensión con el
héroe. Éste no cree en ese poder absoluto y se conduce
como Odiseo cuando vence al cíclope Polifemo[5], al que
se creía omnividente. Odiseo advierte su debilidad y encuentra una vía, un punto ciego, una zona donde el supuesto poder absoluto revela sus huecos: lo embriaga y le
proporciona como su nombre el de "Nadie", consiguien-
do así oponer a la omnividencia de Polifemo, la invisibi-
lidad que el significante de su pseudónimo le aporta.

Cómo no pensar aquí en el mito de la horda primordial
expuesto por Freud en *Totem y tabú*[6] para explicar el pasaje

5   HOMERO. *Odisea*. Gredos. Madrid, 2002. Canto IX.
6   FREUD, S. "Tótem y tabú" en *Obras Completas, Tomo XIII*.
Amorrortu. Bs. As., 1986.

traumático de la humanidad, del estado de salvajismo al de civilización. Freud, apoyado en su trabajo clínico, elabora la hipótesis de un momento primitivo en el que los seres humanos estarían organizados en hordas gobernadas por un poder monopólico centrado en la figura del Padre Primordial, propietario de los bienes y de las mujeres. Los hijos, cansados de la situación impuesta por el Padre y especialmente frustrados por no poder acceder a las mujeres, deciden dar muerte al padre, con la esperanza de acceder de una vez a un goce pleno. El acto es llevado a cabo en dos tiempos: asesinato e ingesta del cadáver del padre. Pero una vez realizado, el acceso al goce esperado se torna imposible porque el amor que de cualquier manera tenían los hijos hacia el padre y la identificación con el mismo (por medio de la devoración) los hace sentir culpa por su acto y temor de ser las próximas víctimas de un crimen de la misma naturaleza.

Ante ello deciden hacer un pacto que impida el acceso de cualquiera de los hermanos al lugar del Padre Primordial y del que se derivan dos prohibiciones (o tabúes) fundamentales: la del incesto y la del parricidio (y el asesinato por extensión). Como garante simbólico de esas prohibiciones instalarán en el antiguo lugar del Padre Primordial un sustituto, es decir, el dios, el tótem.

No existe ninguna prueba histórica de este mito, pues para empezar, nunca se ha podido encontrar una sociedad humana en estado de salvajismo. Todas aquellas de las que se tiene conocimiento presentan una estructura tan compleja como la de cualquier sociedad actual. Sin embargo, el mito freudiano, como todo mito, revela un hecho no histórico sino de estructura. El mito acierta para revelarnos la estructura social y subjetiva con sus tensiones de inicio, su confrontación y su resolución. Así

Levi-Strauss lee el mito de Freud como una metáfora de las tensiones sociales generadas por los abusos del tirano y la lucha que la comunidad emprende para restablecer la justicia.

Empero los relatos de Resendiz nos muestran otros aspectos, no incluidos en la visión que Freud habría podido tener en 1913: el papel de la mujer y el de la amistad.

Nuestras sociedades actuales, denominadas posmodernas, se caracterizan, de acuerdo con Lyotard, por la caída de los relatos de salvación. Éstos eran la promesa dada al colectivo de un futuro mejor, de ahí que se constituyeran en el motor de la organización social, de su progreso. En el aspecto subjetivo, éstos relatos se encargaban de dar identidad al sujeto, de incluirlo en una trama simbólica. Pero al perder credibilidad, la sociedad se desarticula mientras que la identidad pierde sus asideros en el Otro y por lo tanto su relativa estabilidad. Ante ese panorama de desamparo, los sujetos buscan arraigar su identidad en los pequeños grupos (banda, secta, etc.) que les aseguran una identidad inquebrantable y un goce del sometimiento a sus reglas. Pero dicha identidad sólo se sostiene de la exclusión de las demás identidades posibles, lo que deja a los sujetos entregados a la violencia de exterminar al extraño, a todo aquel que tiene la capacidad de poner en crisis la tan arduamente lograda identidad.

Otra vía diversa a la aquí descrita como más común en la posmodernidad es la que dibuja la amistad, que reconoce la diferencia, que se arma sobre el amor a ésta. Como dice Deleuze en las famosas entrevistas en las que decanta sus conceptos a partir del abecedario, se ama a alguien cuando captamos ese "granito de locura" del que es portador. Así, la amistad entre El Gordo y Andrés sería inconcebible en la medida en que sus valores se describen como discrepantes en varios puntos. La amistad es una salida de la tiranía, del goce de los grupos radicales; y por lo tanto, una respuesta al desamparo de la caída de los referentes simbólicos.

Por otro lado, a diferencia de lo que describe *Tótem y tabú*, en las historias de Resendiz las mujeres adquieren un valor diferente. Uno de los personajes femeninos será, por ejemplo, la encargada de dar muerte al Padre Primordial. Quizá porque las mujeres han estado más cercanas al real, la caída del simbólico no les afecta de la misma manera que a los hombres. Los hombres, empecinados en querer adquirir las insignias simbólicas del poder, dejan del lado el real que los habita, que los sostiene en la vida. Según una estadística de un organismo de seguridad social,[7] en nuestro país los hombres se destacan por tener mucho menos cuidado de su salud (de su cuerpo, es decir, del real) que las mujeres. Así, en los relatos vemos desfilar mujeres que sostienen a sus familias, que emprenden negocios, que derrocan al tirano y que son portadoras de una sabiduría de la vida.

La aventura tiene también un sentido semiótico. Ésta se cumple en el descifrado de signos. Hay un misterio, una cifra por descubrir, un saber por alcanzar, una alétheia[8].

---

7   Entrevista radiofónica concedida por una de las autoridades del Instituto de Seguridad y Servicios Sociales de los Trabajadores del Estado (ISSSTE).

8   Alétheia significa verdad en griego. El término es retomado por Heidegger para combatir la noción de verdad como correspondencia entre lo que se piensa y lo que es. Alétheia es la verdad que aparece como develación, verdad descifrada. Cfr. HEIDEGGER, M. *Ser y tiempo*. Trotta. Madrid, 2003.

Por ello, en la medida en que la aventura incluye un punto real (Lacan dirá que el real es lo imposible de imaginar y de simbolizar[9], un lugar inaccesible, donde la palabra aún no ha despejado el terreno, es decir, donde no ha nombrado), los personajes se encuentran ante el silencio: "nos quedamos callados", "no dijimos nada", son expresiones comunes en los protagonistas ante el horror, lo incomprensible o la constatación de que lo inminente es una acción, una huida por ejemplo.

9   Cfr. LACAN, J. *El seminario. Libro 3: Las psicosis*. Paidós. Bs. As., 1984. Sesión del 16/11/1955. Aquí Lacan describe cómo en el Hombre de los Lobos, al alucinar –una de las experiencias más reales que puede experimentar un ser humano- que su dedo había sido cortado, ocurrió una "suspensión de toda posibilidad de hablar".

De esta manera vemos cómo se enlazan tres temas fundamentales de la humanidad: la muerte, el goce y el desciframiento. Como se sabrá Freud postuló la existencia de una pulsión de muerte encargada de llevar todas las tensiones corporales a cero[10]. La muerte sería, expuesto así, la representación de un goce absoluto, el retorno a la entraña materna, a la Tierra Madre. Ese goce mítico está cifrado en el cuerpo: nuestro cuerpo (suponemos) gozó así antes de entrar en la cultura, en la Ley humana que nos obliga a renunciar a ese goce. Pura imaginación retroactiva al hecho de ingresar en la ley, que tiene sin embargo, el poder de hacernos buscar el origen como el final del trayecto. De esa forma, los protagonistas buscan, abismándose en el foso de la muerte, del Goce Supremo, descifrar el misterio que los hace vivir. Descifrar es ya traducir, pasar del terreno del goce al terreno del lenguaje. Recuérdese lo que al respecto dijo Jacques Lacan sobre el inconsciente: que éste no está cifrado sino que es ya, un inicio de desciframiento a través de los mecanismos del lenguaje de la metáfora y la metonimia, que en el lenguaje de Freud se vierten como condensación y desplazamiento respectivamente. Los personajes entonces buscan descifrar un goce que los habita pero que sin embargo sitúan en el exterior: el mundo con su oportunidad de vivir un deseo en la aventura de recuperar un goce perdido: hacerse rico, ser el héroe de la dama en aprietos o de la comunidad sojuzgada[11].

---

10   FREUD, S. "Más allá del principio del placer" en *Obras Completas, Tomo XVIII*. Amorrortu. Bs. As., 1986.

11   Algunas cuestiones dedicas al tema del goce, el Supremo Bien, el deseo, el héroe, etc., son expuestas en LACAN, J. *El seminario. Libro 7: La ética del psicoanálisis*. Paidós. Bs. As., 1989.

Por ello, no embarcarse en la aventura so pretexto de su peligro mortal es también perder una vida, desperdiciar-la, porque una vida sin riesgo es una vida que no merece ser vivida.

Dicho esto, que el lector se embarque (si se atreve) en la aventura de leer lo que aquí continúa.

Roberto Cruz Mendoza.
Psicoanalista.
Morelia, Michoacán, México;
26 de noviembre de 2010.

RELATOS FANTASTICOS

I. LA TUMBA

I.

EL VIAJE QUE TENÍAMOS ORGANIZADO, SE TENÍA PENSADO desde que estábamos en segundo año de la universidad, uno de los organizadores era Mario, otro Gonzalo, y claro yo, como el más involucrado en el plan del viaje.

Nosotros queríamos un lugar que fuera desconocido, que nadie hubiese visitado y que nos brindara una gran aventura. La razón principal era que queríamos buscar dinero enterrado, porque contábamos con un aparato que detectaba metales, este aparato lo había comprado hace algunos años en mis visitas como migrante a los Estados Unidos.

El lugar se discutió por mucho tiempo, Mario decía:

- En Uruapan dicen que hay mucho dinero enterrado

Gonzalo daba su opinión al respecto:

- Creo que en mi pueblo, Tanhuato, dicen los viejos que existe dinero enterrado, vecinos, amigos, conocidos y mi familia cuentan que se han encontrado ollas con oro, puntas de flecha, esqueletos de personas muy antiguas.

En la plática les comenté sobre el pueblo de donde es mi mamá y su familia, el lugar se llama "El Zapote", este pueblo se ubica al sureste del Estado, desde que era niño, en el pueblo escuchaba a mi familia contar historias de fantasmas que molestaban a la gente en el día o en la noche, seres que vivían en el río y que se robaban a los niños; y quienes los veían quedaban poseídos para toda su vida; de haciendas donde decían que veían gente muerta que algún día vivió ahí y que ahora custodiaba el dinero que nunca disfrutaron, los ahorcados y los que asesinaron en la revolución, los que mató el hacendado, las leyendas sobre los aztecas que en su peregrinación cruzaron por ahí, hasta llegar al lugar mítico donde encontrarían el águila devorando a la serpiente; o simplemente, relatos de luces que aparecían en el cielo y se escondían en los cerros.

Cuando era niño, me quedaba horas escuchando todo lo que contaba la gente que venia de esos lugares, siempre tuve la curiosidad de visitar y ver de cerca que me decían.

Al terminar de explicarles a mis amigos sobre mi idea del viaje, les pareció al igual que a mí, muy interesante ir a esos apartados lugares donde el silencio predomina, el único ruido es el de los camiones que pasan cada seis horas y el rugir de los cuernos de chivo (AK-47). Es el paisaje común entre la tierra fría y la tierra caliente.

II.

Lo más importante de esto, fue que unas semanas antes de la charla con mis amigos, mi tío fue de visita a la ciudad, cuando fui a la casa de mi abuela, él se encontraba

comiendo y me saludó, después me comentó que quería hablar conmigo afuera de la casa, me pareció extraño, por que él es una persona muy callada y cuando habla dice únicamente lo necesario.

Salimos a la calle y me empezó a interrogar sobre el aparato que había traído de los Estados Unidos, le dije que era cierto, que detectaba plata, oro y otros metales. Y empecé a explicarle que estaba aprendiendo a usarlo, pero que ya sabía lo necesario.

Cuando bajó la voz y me tomó del hombro, trató de llevarme más hacia la calle, como si no quisiese que nadie escuchara nuestra conversación. Y dijo:

Mira hijo, en la hacienda que esta cerca del pueblo, ¿recuerdas la que esta enfrente del pueblo, que con el tiempo se esta derrumbando? El tiempo no pasa en balde, como yo, cada día más viejo. La cosa es que donde esta la hacienda, tu sabes que tengo unas tierras donde cultivo maíz, todos los días me levanto antes de que salga el sol, agarro mis cosas de trabajo y camino desde mi casa como una hora, siempre voy con mis perros; así que, cuando llego cerca de la hacienda, los perros empiezan a ladrar, después veo como que alguien está en los balcones y creo que es un hombre a caballo...

En ese instante lo interrumpí:

- ¿Tío cree en esas cosas? , tal vez es su imaginación.

- Hijo déjame terminar, créeme, esto a nadie se lo he contado, bueno, excepto a tu tía, le dije a ella y me dijo que eran las ánimas que andan rondando, lo que ella hace es rezar por sus almas. Como te decía, es un vaquero, lo puedo ver, su rostro es muy blanco, su mirada la dirige como si viera hacia el pueblo.

- ¿Pero tío no le da miedo?

- No, todos los días me suceden cosas diferentes, no me siento mal, nada más rezo un padre nuestro y me siento seguro; al contrario, tengo miedo de los vivos, los muertitos están en mejor lugar, hijo mío recuerda bien esto.

- Si, pero ¿esto le pasa todos los días?, para mi sería muy incomodo, sabe que, yo me iría mas amaneciendo.

- Sobrino, te digo que en el día es lo mismo, déjame decirte que...

- Sabe que, creo que ve mucha televisión o fuma de la hierba buena, ja, ja, ja.

- ...Hijo, no me faltes al respeto, creí que iba a contar contigo para realizar la búsqueda de ese dinero que está en la hacienda; mira, en pleno día cuando tomo un descanso, siempre aparece un hombre muy bien vestido; tu sabes que esto es muy raro aquí en el pueblo y en pleno calor, nadie viste así, y esa ropa me recuerda cuando era niño, así se vestía la gente adinerada, ¡ah mi abuelo vestía así, lo recuerdo muy bien, parece que fue ayer!.

-¿Pero ese hombre que le dice?
- Cuando me siento bajo un árbol para comer mí almuerzo, los perros se quedan tiesos con su presencia, el hombre se acerca a mí como a unos cinco metros, pero no se mueve, la cosa es que nunca veo como llega, solo cuando se va caminando despacio entre la milpa.

- Pero ¿Que le dice tío?, dígame.

- Me dice que, en la casa que está en frente hay un regalo para mí, pero que tengo que ir antes de que salga el sol, nunca me quiere decir que es ese regalo; y le digo, ¿Por que yo?, él dice que a mi me corresponde.

- Tío, ¿sólo se acerca esta persona y le dice eso?

- A veces nada más lo veo a lo lejos entre la milpa y después desaparece. Hijo, creo que es un ánima en pena, y para eso quiero que me ayudes.

- Pero sabe que, déjeme ver como estoy en los horarios de la escuela y me voy un fin de semana.

- Esta bien hijo, cuando vayas te voy a preparar un puerquito que tengo engordando, ah se me olvidaba, también tengo un buen mezcal que preparan mis amigos en la sierra.

III.

En esos días después de lo platicado con mi tío, estuve pensando sobre esas historias que recordaba de niño, lo que me dijo mi tío o lo que había visto en algunas películas, fue realmente extraño concebir dichos relatos. Pensaba, son tonterías, mi tío ya está muy viejo y ve

cosas de más; pero ¿y si realmente es cierto?, ¿y si hay dinero enterrado?, esto se pone bueno, ¿y si le damos con esas monedas?, no quiero ser de esos buscadores de oro ambiciosos; pero realmente nada pierdo en darme esa aventura, sirve que visito a la familia, tengo mucho tiempo sin saber de ellos.

Al siguiente día en la universidad, a la hora de la salida, les comenté a mis amigos todo lo que me había dicho mi tío, ellos optaron con ir conmigo al pueblo El Zapote.

IV.

Era un viernes en la tarde en la última clase de Historia de México, la maestra dio por concluida su cesión, nosotros salimos disparados a nuestras casas para preparar las cosas del viaje.

Lo único que necesitábamos era un poco de ropa y unas cobijas. Para esto, mi mamá me había preparado una caja de cartón con una despensa de productos básicos para mis tíos y un poco para nosotros. Ya que la situación que se vivía allá era un poco difícil, por lo sucedido años anteriores, como las inundaciones que provocaron que mucha gente; entre ellos mis tíos, perdieran todas las cosechas de maíz, el esfuerzo y dinero se fueron a la basura.

Así que el plan era salir el sábado lo más temprano posible, para alcanzar el camión de las ocho de la mañana. Si nos tardábamos, agarraríamos el transporte de las dos de la tarde y eso provocaría que llegáramos a media noche.

Pero no, Mario y Gonzalo ya estaban desde las seis y media de la mañana en mi casa, nos fuimos caminando a la estación de camiones y a las siete de la mañana ya estábamos ahí, la noche anterior, desde altas horas de la madrugada no pude dormir por estar pensando en la aventura que nos esperaba.

Eran las ocho y cuarto cuando las personas empezaron a subir el camión, nosotros nos acomodamos en la parte trasera del transporte; a las nueve ya estábamos en las afueras de la ciudad, más de cuarenta minutos perdidos por que el chofer subía gente donde le hicieran la parada. Nosotros no dijimos una palabra durante cuatro horas, ¿por que?, tal vez íbamos disfrutando del paisaje.

El salir de la ciudad es la sensación más agradable que pueda existir. Empezamos con la sierra, el camión iba descendiendo de la zona montañosa para ir a una zona de la llamada tierra caliente, el aire se sentía mas caliente a cada minuto que nos íbamos alejando del bosque; en el transcurso del viaje, fueron bajando todas las personas y solo íbamos quedando nosotros. Al estar observando el descenso de la gente, nos dábamos una idea de la vida en sus pueblos, muy pacíficos, sin el bullicio de la ciudad, sin ninguna prisa, en la mirada de los niños y ancianos se podía observar su tranquilidad, que quisiera tener cualquier ciudadano de una gran urbe.

En la penúltima parada del camión, nos bajamos a tomar agua, porque era insoportable el calor y también para desentumir los pies; eran ya entre dos o tres de la tarde, el sol en su máximo apogeo, estábamos ya los tres solos en el camión.

El chofer nos preguntó:

- ¿A dónde van?

- Vamos al Zapote.

- Ah, ya falta como media hora, no se preocupen, yo les digo cuando lleguemos.

Todos dijimos al mismo tiempo:

- Está bien, gracias.

V.

Desde que salimos de la ciudad, estuve viendo como algunos pueblos de esta zona de la sierra y de tierra caliente, son un gran exportador de mano de obra del

vecino país del norte, se ven grandes *pick ups*, antenas parabólicas, modernos equipos de sonido y demás cosas que los migrantes traen a sus lugares de origen; y no podían faltar las grandes R-15 y AK- 47 que escupen fuego en todo su esplendor para que vean quien es quien en su tierra; para esto, el narcotráfico es una segunda fuente de empleo para muchas personas, si no fuera por esto, estas regiones estarían muertas.

Entre esas personas migrantes, están mis familiares, que dejaron sus tierras ricas en cultivos para buscar un sustento en las grandes ciudades, pero no lo encontraron y le siguieron a rumbos desconocidos para ellos, lejos de su patria y ahora los encontramos en los Ángeles, Texas o Florida.

Al estar pensando en esas cosas, escuché la voz del chofer:

- Listo, llegamos jóvenes.

Bajando del camión y lo primero que mis amigos preguntaron:

- ¿Sabes donde es?

Antes de bajar, vi a mi tía, hermana de mi tío, sentada afuera de su pequeña tienda, mientras pasaba el camión.

Recordé bien que exactamente la tienda se ubicaba enfrente de la casa de mi tío, bajamos por un callejón y enfrente de nosotros estaba él, acomodando tierra y piedra para que su carro entrara hasta su casa; con él estaba trabajando mi primo Juan, quien vivía en la misma ciudad que nosotros, se me hizo extraña su presencia por esos rumbos, pero no le di importancia.

Después de saludarnos y presentar a mis amigos, salió la esposa de mi tío, diciéndonos:

- Ya vénganse a comer, los estábamos esperando.

Y mi tío dijo:

- Cuando escuché el ruido del camión, pensé que si no venían en este, ya no vendrían, nada más me asomé pero lo vi solo, creí que ya no vinieron.

Le contesté que ya habíamos salido tarde en el camión de las once de la mañana y con las paradas continuas que hacen, fue mucho más tiempo de lo que se hace habitualmente.

VI.

Después de comer y charlar lo acontecido del viaje, mi tío nos empezó a decir el plan que tenía para la búsqueda.

Tenemos que salir a las cinco de la mañana, porque no quiero que la gente del pueblo nos vea y nos escuche, además de que vamos a ir cinco personas, vamos a tener que llevar picos y palas y no quiero que sospechen.

- ¿Sospechar de que tío?

- Sospechar de que los vean a ustedes, no hay problema van a ir conmigo, soy muy respetado en el pueblo, pero ustedes saben, los *mariguaneros* ven a fuereños y eso no les gusta, esa es mi preocupación.

Mientras, mi tía acomodaba nuestras camas para dormir, pero esa noche no pudimos dormir, porque a las tres de la mañana nos dio una diarrea por comer unos tacos en la estación de camiones; entonces, ¿cual sueño? y no la pasamos platicando el resto de la noche; para esto mi primo se nos unió.

Tenía la duda de porque mi primo se encontraba en estos lugares y contestó:

- Mira cabrón, estoy por acá por un lío de faldas, me quieren matar, el esposo de la que me ando cortejando.

-¿Qué hiciste *güey*?

- Bueno, la chava es casada, pero antiguamente era mi novia, antes de que me fuera a los Estados Unidos corté con ella y cuando regresé supe que se había casado con un taxista, ella me llamó a mi casa porque vio mi camioneta afuera de mi casa, la cité en mi casa; después de hacer cositas, salimos cerca de las siete de la noche y al momento que salíamos, que pasa su esposo en el taxi en el que trabaja, ¡puta madre!, que se para de repente, se bajo del auto, ella comenzó a gritar "mi marido", la verdad no recuerdo como cerré la casa y subí a mi carro en "putiza", cuando arranqué que escucho tres disparos sobre el carro y que me pierdo en unas calles. Y así pasó mi problema; pero cuando llegue a mi casa mi mamá me dijo: "te habló una muchacha, que no salieras de la casa por que su marido quiere matarte y él sabe donde vives". Me dije "puta madre" ¿qué hago?, le conté el problema a mis jefes y me trajeron aquí con mi tío. Mi tío se enojó por la razón que me hizo venir y me dijo nunca vienes, pero en fin esta es tu casa.

Después de su larga historia de porque lo hicieron venir hasta aquí, empezamos a contar historias de fantasmas, aventuras con chavas y demás, porque no podíamos dormir por la diarrea.

Cuando ya íbamos agarrando el sueño, que enciende la luz mi tío.

- Ya son las cinco levántense.

Me dije no mame tío, que pinché hora es y con diarrea, ni modo, la que nos espera.

VII.

Eran diez a las 6 de la mañana, cuando ya estábamos saliendo del pueblo rumbo al poniente, nada más se escuchaba el ladrar de los perros y el canto de los gallos al amanecer.

Nos detuvimos en una loma a descansar y tomar un poco de agua, también aprovechamos a sacar fotos del paisaje; el amanecer daba una espectacular imagen; los rayos del sol y el cerro hacia el oriente formaban junto con la neblina un lago artificial impresionante.

Seguimos caminando, ya llevábamos unas dos horas y media de camino. Nuestra primera parada fue en donde mi tío nos comentó sobre una cueva en la parte más alta del cerro, donde dice la gente del pueblo que hay oro dentro.

Donde paramos, lo primero que hicimos fue preparar el detector de metales, Gonzalo y Mario siguieron las órdenes de mi tío y empezaron a mover la tierra con el pico y la pala.

El lugar era muy húmedo, la tierra estaba muy dura al contacto con el pico.

- Aquí, creo que es una de las tumbas, dijo mi tío.

Lo primero que hicimos, fue observar por la forma que veíamos, era cuadrada, tenía unas medidas de dos por dos metros aproximadamente, en el centro tenía bastante agua, eso indicaba que anteriormente alguien había

hecho lo mismo que nosotros, se nos habían adelantado, estaba saqueada.

En ese instante, escuché la voz de mi tío, que seguía rastreando el área para escuchar algún sonido del metal.

- Creo que alguien estuvo aquí antes que nosotros, lo mas seguro es que no dejaron nada.

Gonzalo al instante dijo:

- En realidad, así como esta la tumba, me parece que alguien ya nos ganó.

Mario comentó:

- Por el simple hecho de que las piedras estaban dispersas, obvio que se nos adelantaron.

Mi tío volvió a decir:

- Otra de las tumbas está exactamente a unos cinco metros en línea recta.

Esto fue extraño, de donde se ubicaba la primera tumba, siguiendo en línea recta se llegaba a la otra, exactamente a la distancia que dijo mi tío.

En la segunda tumba, estaba bien el cuadro que la formaba con piedras, con una estructura perfecta, mi tío nos dijo,

- Jóvenes a escarbar.

Contesté:

- Esperen, déjenme tomar unas fotos, porque si es realmente una tumba prehispánica no hay que hacer estragos al escarbar.

Hicimos las piedras hacia un lado, después la tierra, que era muy suave al momento de impactar la pala en ella, no duramos mucho en quitar gran parte de la tierra.

Seguimos escarbando, llegamos a unas partes donde se encontraban una lajas en forma de "y", cuando vimos estas piedras todos gritamos "ahí viene lo bueno", pero al momento de quitar las lajas, encontramos gusanos, un nido de gusanos de gran tamaño.

En el instante que salieron los gusanos mi tío dijo:

- Tapen, tapen eso, ya aquí no hay nada

Mi primo contestó:

- ¿Por qué? tal vez sigue lo bueno

Cuando dijo esas palabras mi tío, sentimos la necesidad de hacer caso. Llegó una sensación de tapar lo que habíamos escarbado, no se porque en realidad, pero lo tapamos a una velocidad impresionante. En minutos la tierra y las piedras estaban de vuelta en su lugar.

Mi tío dijo:

- Hicimos bien en tapar.

Pero yo tenía la sensación de no saber porque habíamos tapado la tumba, quería seguir, pero vi en las caras de todos que ya no querían seguir escarbando; sin embargo, no podíamos explicar el porqué en ese momento.

Después vi a mi tío muy triste, no sabía porque y nos dijo:

- Vámonos de aquí, quiero enseñarles otra parte donde cultivo maíz, su cara reflejaba algo difícil de describir.

Cuando llegamos a unos pocos metros de donde siembra el maíz, muy cerca de la ubicación de las tumbas, lo seguimos y lo que hicimos fue escucharlo.

- Estas tierras me las heredó mi padre, en estas tierras hay oro enterrado.

Mi tío siempre tenía la idea de que ahí había algo, su satisfacción era encontrarlo y así solucionar sus problemas económicos.

Cuando estábamos caminando entre los maizales escuchamos como que alguien venía corriendo detrás de nosotros, escuchamos las pisadas claramente.

Paramos por un instante, sin decir nada, era de día, el sol estaba ardiendo en nuestras caras, pensé en ese instante que tal vez alguien nos estaba espiando, la opinión general fue que quizá había sido un venado o un zorrillo, pero no un humano y nadie comentó nada más sobre las tumbas. Era como si no hubiera pasado nada.

Llegamos a un paraje bajo de un árbol, al lado del campo de maíz, con una vista del pueblo. Ahí fue donde mi tío comentó,

- Aquí siempre almuerzo, es donde sale un hombre bien vestido y se me acerca, a veces anda a caballo, a veces caminando, yo sé que es un fantasma, quiere que saquemos el dinero de la hacienda, pero debe ser a la hora que él me indica, no lo se, creo que hay un pendiente que no cumplió en vida.

Nadie comentó nada, fue un silencio de varios minutos.

Después que comentó eso, le dijimos:

- Como puede ser posible eso, no le creemos.

- ¡No me creen!, ¿les parece si esperamos un poco?, yo sé, él vendrá y hará lo mismo, andará con su caballo, muy despacio, galopando firmemente, necesito preguntarle que es lo quiere o necesita.

Esa insistencia de mi tío de esperar a ese hombre de a caballo nos resultó un poco loco, al mismo tiempo nos intrigaba esperar, queríamos romper de una vez con esa leyenda de mi tío.

Nos recargamos en unas piedras, ahí donde mi tío siempre almuerza después de trabajar en la milpa, el campo de maíz era inmenso, listo para la cosecha. En esos momentos que nos dedicamos a descansar, Mario se paró para orinar a unos metros, de repente, vimos que venía corriendo y gritando.

- No jodan, vi a un charro caminando hacia mí.

Nos paramos inmediatamente y todos volteamos a ver a mi tío y observamos que hacia el fondo de los maizales se acercaba un hombre de negro, para ser más precisos vestido con traje de charro, de esos de antaño, no se le veía el rostro, no lo ocultaba, solo que la sombra del sombrero lo cubría todo.

En esos momentos nos quedamos inmóviles, excepto mi tío, a quien le era más cotidiano lo que acontecía, pero los demás estábamos petrificados por esa presencia.

Se acercaba lentamente, del lado izquierdo del hombre apareció un caballo negro, no notamos de donde había salido el animal, realmente nunca había visto algo así en mi vida, solo veía los rostros de los demás, igual que el mío, sin expresión alguna, solo respirábamos.

Pasó cerca de nosotros, el hombre bien vestido que siempre mencionaba mi tío se dirigía a la antigua hacienda que se encontraba abandonada en la colina de enfrente; solo seguíamos observándolo, era un silencio sepulcral.

Caminó hacia la hacienda, se introdujo en la puerta principal, al momento de que entró, todos dijimos "vámonos de aquí", mi tío dijo "no van a ninguna parte, aquí nos quedamos, ya estamos aquí y debemos ir por el dinero que ese hombre me quiere dar".

VIII.

Seguimos a mi tío, él decidió seguir a ese charro, nosotros no queríamos seguirlo, era demasiado, esa presencia nos resultaba increíble y al mismo tiempo tenebrosa, mi tío seguía caminando detrás de ese hombre, solo lo vimos que entró a la antigua finca, decidimos seguirlo, pero con mayor precaución, nadie decía nada, nos dejamos llevar por la curiosidad, llegamos a la entrada principal de la hacienda, le gritamos a mi tío que donde estaba, no nos respondió, insistimos y seguimos hacia dentro, al parecer era un recibidor, pero ya derrumbándose, continuamos gritándole a mi tío que donde estaba, pero solo vimos que salía muy tranquilo y con cara de que ya tenía una respuesta.

Nos dijo:

    - El charro me dijo donde está el dinero enterrado.

    - ¿Dónde?

    - Síganme

Lo seguimos, llegamos a la parte trasera de la hacienda, era un patio amplio y al parecer sirvió como caballeriza; dijo mi tío:

- Aquí es, abran la tierra.

Teníamos el corazón palpitando y al mismo tiempo nos veíamos las caras y no decíamos nada, seguimos abriendo el suelo y vimos como salía un color amarillo.

- ¡Es oro, todos gritamos!

Se iluminaron los ojos de mi tío, al ver como salía eso del suelo. Después de sacar esas monedas de oro, decidimos abandonar el lugar y nunca más contamos a nadie lo ocurrido.

22 de diciembre de 2008, Portland, Oregon

II. AVENTURAS CON SABOR

PRIMER DESTINO

Esa tarde estaba preparando mi maleta para ir a la playa con mi familia. El viaje de mi ciudad hasta la playa duraba aproximadamente unas 4 horas, realmente el tiempo no importaba, lo que deseaba era estar en la playa y disfrutar el sol. A las 4 de la tarde estábamos saliendo de la ciudad. Lo primero que planeamos con mi familia era hacer una parada una hora antes de nuestro destino. El lugar se llama la Mira. En dicho lugar venden unas empanadas deliciosas.

El camino seguía su rumbo, pasamos la zona montañosa, para entrar a la llamada tierra caliente, en cuestión de una hora el clima cambia totalmente, pero se disfruta ver esos contrastes entre el frío y el calor. La carretera nos ofrece unas vistas de lagos, ríos, cascadas, montañas con formas extrañas, campos de cultivo desde aguacate a plátanos, de limones a naranjas, de cocos a tamarindos. El conducir por esta carretera realmente da una paz interior difícil de explicar.

Después de pasar estos lugares, teníamos unas ansias de comer, pero antes de llegar con la señora que vende esas exquisitas empanadas. Realizamos una parada para cargar gasolina, a unos 10 minutos de la gasolinera llegamos a un negocio que se ubica a un lado de la carretera. El negocio no cuenta con paredes, solo con un techo de carrizo y hojas de palma. Pero en el corazón dentro de ese techo, esta un horno de barro, lo calienta madera que la gente recoge en el monte.

La especialidad de ese negocio son las empanadas de frijoles con chorizo, de coco con azúcar y mole con pollo. Realmente el comer dichas empanadas se hace una adición a la primera mordida. La boca pide más, con el calor de la costa y lo caliente del horno, lo caliente no importa. Son extremadamente exquisitas, especialmente las de frijoles con chorizo, según la opinión de la señora Carmen, dueña y cocinera del negocio, el

secreto esta en la manteca de cerdo con que prepara esos frijoles y chorizo y el otro es el horno de leña, eso es lo que hace la diferencia. Para ella, la comida preparada con gas le quita mucho sabor a los alimentos, estoy de acuerdo con ella. A la parrilla o al horno con leña los alimentos tienen un sabor distinto.

Después de hacer la parada en el negocio de las empanadas, comimos cada uno tres empanadas de unos 20 cm., su tamaño no es normal, es el equivalente a tres tortillas grandes de harina. Decidimos comprar unas 15 empanadas para llevar, porque realmente vale la pena llevar muchas. Dicha comida solo durará unas horas, por su poder adictivo.

Al terminar satisfechos y con comida para llevar, seguimos nuestro camino hacia la playa. En esta playa tenemos familiares, que se dedican a la pesca de todo tipo de pescados y mariscos, dependiendo la temporada.

La playa es un lugar en el que nos gusta terminar el último día del año. Y que mejor que con mi familia en la zona costera. Una de las razones por la que nos gusta disfrutar el mar y el sol, es que mi tía prepara una serie de platillos de mariscos y pescados en distinta formas, especialmente uno, ceviche, pero con un animal que vive pegado en las rocas y tiene caparazón. La gente del área lo llama "cucaracha", la forma de animal es un poco extraña. Al quitarlos de las rocas, que no es un trabajo simple, se requiere de fuerza y un cuchillo, para desprenderlos. Observar su preparación es interesante. Mi primo ¨El Piña¨ tiene una técnica con el cuchillo con la que le resulta fácil quitar su carne del caparazón y desecharlo.
Lo único que queda de la carne de la ¨cucaracha¨ es del tamaño de un dedo pulgar. No se necesita cortar, va

directamente a la bandeja con bastante jugo de limón, para cocerlo y que tenga un buen sabor. Mi tía Licha previamente cuenta con la verdura lista, jitomate, cebolla, cilantro y chile serrano, bien picada y con mucho limón para que se cueza.

Aproximadamente en 40 minutos, el platillo de ceviche de cucaracha está listo, se acompaña con tostadas, pero que mejor si son tortillas fritas en casa. Después de deleitar este platillo, a partir de ese momento no puedo y no dejo de pensar en lo delicioso del platillo y de las empanadas de la costa.

31 de diciembre de 2007. Caletilla, Mich.

SEGUNDO DESTINO

En mis constantes visitas a la reserva de la mariposa monarca, como guía de turistas, empecé a conocer personas del área que trabajaban como guías. Los guías dependen del turismo que llega al área, muchas familias que viven ahí en la montaña son campesinos de áreas fuera de esta reserva. El trabajar como guías y contar con un pequeño restaurante genera mayores ingresos. Así se planteó y organizó el gobierno con estas familias, como una forma de generar empleos. Debido a que los productos de muchos campesinos, han perdido el valor y solamente producen maíz y frijol para consumo propio.

Entonces por tantas visitas conocí a Don Pancho, de oficio campesino, pero que a sus 60 años, se involucro como guía de la reserva de la mariposa monarca. A "Don Pancho", como lo conocen los guías de la zona, el iniciarse en este trabajo, lo hizo especialista del insecto, por

ejemplo, sabe de donde vienen, que comen, las áreas es-
pecíficas de las montañas donde invernan y se reprodu-
cen para pasar el invierno en tierras mexicanas.

La amistad por mis constantes visitas con Don Pancho,
generó que hiciéramos un trato, que cada vez que llevara
turistas, él me invitaría a comer gratis, en el restaurante
que tenía su esposa. Me gustó la idea, desde ese momento
lo inicié, como una forma de conocer más platillos del
área.

Los platillos con que contaba el restaurante, eran carne asada con cebollas a las brazas, frijoles de la olla, nopal asado y su especialidad, quesadilla con hongo relleno de queso. El deleitar ese platillo con el frío de la sierra, aproximadamente a más de 2 mil metros sobre el nivel del mar, era excelente. Pero previamente, al esperar su preparación, la señora ofrecía café de olla endulzado con piloncillo. Lo mas interesante de este platillo es el hongo blanco que crece en la sierra, tiene un sabor exquisito, su preparación es muy simple solo se pone a la parrilla. La forma del hongo es como de un trompo, la esposa de don Pancho me dijo:

- Este hongo solo crece en tiempo de lluvias, y solo la gente que vive aquí sabe como prepararlo.

Lo único que hizo la mujer fue quitarle la parte superior para rellenarlo de queso Oaxaca. Tomó un puño de esos hongos y los puso en el asador, solo los movía para que se derritiera el queso y no se saliera del hongo. Al tener ese hongo relleno de queso en una tortilla de maíz negro recién hecha y claro hecha a mano; el frío y la neblina, me daba la sensación de estar en contacto con esas mariposas.

Desde entonces, lo único que hago cuando visito la reserva de la monarca, es saludar a Don Pancho y visitar el restaurante de su esposa. Gracias mariposas monarcas por tenerlas aquí.

25 de noviembre de 2006. Reserva de la mariposa monarca, Angangueo, Mich.

TERCER DESTINO

Recuerdo muy bien que eran vacaciones de verano. Estaba todavía en la preparatoria y no podía terminarla; con mis amigos de la escuela, con quienes me juntaba después de clases, nos reuníamos en la plaza principal de mi ciudad. A los muchachos que nos reuníamos ahí en esa plaza, nos llamaron "Los alamedos", el apodo nos lo habían puesto la gente que pasaba por la avenida principal de la ciudad. "Los alamedos" hacían referencia a un hotel que esta a un costado de la plaza principal y por lo tanto en la avenida principal. La mayoría éramos estudiantes de diferentes preparatorias de la ciudad, que no hacíamos nada después de clases, solo nos reuníamos para hablar, beber charanda, hablar con la chicas que pasaban por la plaza y a muchos nos daba por la afición de tocar algún instrumento, de ahí salieron muchas bandas locales, ir a conciertos de lo que apareciera en cartelcra, a los que realmente nunca entrábamos, porque se tenía que pagar; muchos "Alamedos" de plano se la pasaban fumando tabaco, mota o quien sabe que otra planta seca que saliera de los jardines de la plaza.

Una ocasión con mis amigos el "Fox" y el "Chayane", estábamos charlando sobre ir a la playa. El chayane comentó que quería visitar a su familia que vive en Tepic, Nayarit. Nos pareció una buena idea, salir de la ciudad y conocer otros lugares.

El plan se organizó rápidamente, al siguiente día por la noche, estábamos en camino. Por supuesto no llevamos mucho dinero, tan solo las ganas de conocer otros lugares, lo único que llevábamos cada uno era una pequeña mochila en la espalda.

Salimos a la media noche de Morelia. A las 5 de la mañana ya estábamos en Guadalajara, hicimos mucho tiempo porque nos fuimos en un autobús de segunda clase. Esperamos hasta al amanecer, porque no había salidas a las ciudad de Tepic hasta las 10 de la mañana. Disfrutamos las horas en espera, viendo pasar a la gente y claro a las hermosas mujeres jaliscienses. A las 10 de la mañana, el autobús de segunda clase nos estaba esperando, subimos y lo único que compramos fue tortas ahogadas estilo Guadalajara. Las tortas eran muy simples y baratas, pero nos quitaron el hambre hasta que llegamos a nuestro destino.

Al llegar a Tepic, tomamos un camión que nos llevaría a la parte sur de la ciudad, donde vivía la familia del Chayane. Cuando entramos a la casa de la familia, observamos que habíamos llegado exactamente a la hora del almuerzo. Estaba toda la familia reunida, nos presentamos con todos y teníamos un hambre impresionante, lo primero que deseábamos era comer por el largo viaje.

El jefe de familia lo primero que hizo fue saludarnos e invitarnos a comer. Fue muy agradable escuchar sus palabras, saludamos a todos y nos dirigimos a la mesa. Pero cuando observé en la mesa los platos en los que estaba servido y de la olla grande, saliendo el vapor por lo caliente que estaba, puse mis ojos en la olla y vi que eran albóndigas con chipotle. Es el clásico platillo de carne de res molida con arroz, en caldo, con muchos chiles chipotles y un poco de cebolla para darle sabor y con tortillas muy blancas y calientes.

En ese momento tuve un choque en mi mente, nunca me han gustado las albóndigas que me daba mi madre, mi familia, las que me invitaban en alguna reunión o simplemente en algún restaurante. Realmente no se por que me desagradaba la idea de comerlas en ese momento, no sabia que hacer, no quería despreciar la comida de nuestros anfitriones, me sentí tan mal, fueron unos momentos en los que me sentí muy incomodo.

Finalmente el hambre me convenció en disfrutar esas albóndigas, y realmente estaban deliciosas, mi percepción desde ese momento de despreciar ese platillo en cualquier lugar donde se ofrecen y por supuesto las albóndigas que prepara mi madre cambió.

Desde entonces, a mi madre cuando preparaba ese platillo, se le hace extraño verme comer y sin quejarme, le conté lo sucedido, y para esto me recomendó:

- Lo importante es que valoraste la comida en general, que no debes despreciar la comida de quien te la ofrece y claro la que tienes en casa.

15 de abril de 1994. Tepic, Nayarit, México.

CUARTO DESTINO

Esa tarde era muy especial, mucha de mi familia se encontraba reunida. Nunca había visto tanta gente para celebrar algo en común. La reunión era una celebración previa para festejar la boda de mi primo Manolo. Manolo había planeado con mucha anticipación su boda; hizo un trabajo formidable para reunir a tanta familia. Entonces el ver a tanta gente y a la boda en puerta, fueron unos días extremadamente excelentes y dignos de celebración.

Me sentía tan feliz que decidí organizar una parrillada a la mexicana. Con carne asada, chorizos, quesos fundidos, quesadillas, cebollas, nopales, variedad de salsas y por supuesto no podía faltar cervezas, mezcal, charanda y tequila.

Fui al mercado con mi esposa para comprar todo lo necesario y ponerme a preparar la comida. Nunca he sido alguien que le gusta cocinar, pero creo que tengo la habilidad. Admiro ver como preparan la comida, mi madre tiene esa magia de hacerlo, que desde niño he visto y disfrutado.

La reunión para la parrillada era a las 4 de la tarde, realmente tomé mi papel de chef muy profesional. A la hora prevista ya contaba con todo listo y estaba iniciando a preparar la comida. Solo veía que empezaba a llegar la gente y me sentía muy bien de que se acercaban a saludarme, ver lo que estaba preparando y sobre todo unos letreros que tenía en mi pecho y espalda.

A las 5 de la tarde, ya estaba el 80% de mis invitados, la fiesta estaba tomando forma, el chef muy ocupado y con un poco de alcohol, ¿por qué?.

Los letreros que me puse en el cuerpo decían:

"NO MOLESTE AL CHEF, PERO SI LO MOLESTA VEA EL LETRERO EN LA PARTE TRASERA". Y *en mi espalda decía:* *"SI MOLESTÓ AL CHEF, OFREZCALE UNA CERVEZA, TEQUILA O LO QUE SEA; SI NO, SU CARNE ESTARÁ CRUDA. ATTE. EL CHEF".*

La fiesta seguía, mi sistema de los letreros y mi concentración en la preparación de la comida seguían su cauce, con bromas, anécdotas y demás, dieron las 11 de la noche y el chef estaba en su punto de ya no poder estar en pie, solo recuerdo que caminé solo al baño, vi la sala de mis tíos, observé un sofá y me acosté. No volví a despertar hasta la mañana siguiente. Esa misma mañana me llovieron bromas y comentarios de que había dejado a los invitados sin comer, que se sentían mal algunos, por que tomaron muy en serio mis letreros.

Solo recuerdo que mi primo *el Baby*, me puso una mesa especial para mis bebidas, mientras preparaba la parrillada. En mi memoria solo quedó la imagen de 24 cervezas, 5 tragos de tequila, 3 cubas libres, 1 whiskey y una botella de mezcal. Dios mío, ya no me quiero acordar.

Verano de 2003, Costa Mesa, California

QUINTO DESTINO

Era a mediados de agosto, cuando yo seguía trabajando como guía de turistas. Especialmente en un instituto privado que contaba con programa de intercambio con universidades norteamericanas y europeas.

El director del instituto me citó en su oficina para comentarme los planes sobre las próximas actividades con las universidades extranjeras. El primer plan consistía en llevarlos a ciudad de México y a la ciudad de Oaxaca. Mi labor era de chofer, guía y coordinador de los grupos. Para esos días ya me encontraba listo para ir en ese viaje. El viernes en la madrugada decidí salir, aproximadamente 6 de la mañana, ¿Por qué?, porque si salíamos temprano evitaría el tráfico de la ciudad de México y así podría dirigirme directamente a Oaxaca.

Todos los estudiantes estaban muy temprano y por supuesto su profesora quien venía como encargada del grupo. Era un grupo de 20 estudiantes, incluyendo mi compañero Joselo, haciendo las mismas funciones que yo.

Fue un viaje largo desde mi ciudad natal a Oaxaca, pero además del trabajo, quería disfrutar la comida oaxaqueña y el buen mezcal que se produce en el Estado. Lo primero que hice fue disfrutar ese néctar que dan esas tierras. Al siguiente día nos dirigimos al pueblo de Mitla, un lugar de extraordinaria belleza, donde los vestigios de los zapotecos y la presencia española con una iglesia cristiana, da un contraste que existe en muchos lugares del país. Realmente los estudiantes extranjeros disfrutaron mucho el recorrido.

Después de una extensa explicación, decidí darles tiempo libre para que descubrieran cosas por si mismos. Mientras yo me dirigí a buscar algún restaurante, encontré una casa que ofrecía carne de res en chile rojo, dicha carne es llamada cecina, es bañada en chile rojo y se fríe o se asa. Acompañado con frijoles refritos con queso, parecía muy simple la comida, pero era casera, tiene un valor mucho mayor, porque la mujer vivía del turismo que llegaba al área. El precio era muy accesible para cualquier bolsillo. Pero antes de comer la señora me ofreció chapulines fritos y por supuesto que los acepté, acompañados de un buen trago de mezcal.

Al ir terminando la comida, observé mi reloj y tenía solo 2 minutos para llegar al lugar previsto donde nos teníamos que reunir todos. El tiempo se fue rápido, disfrutando esos platillos oaxaqueños.

5 de abril de 2004, Mitla, Oaxaca.

SEXTO RECORRIDO Y ÚLTIMO

Durante la mañana un grupo de amigos extranjeros decidieron ir a dar un recorrido de los cenotes en el centro del estado de Yucatán. Una amiga de Nueva Zelanda me comento del plan y al mismo tiempo me extendió la invitación para ir a ese recorrido. Me parecía excelente idea dar una visita al área, porque tenía algunas semanas de haber llegado a esta zona del sureste de México.

El plan consistía en salir muy temprano al día siguiente, la primera parada era llegar a la ciudad de Valladolid, en dicha ciudad se encuentran cenotes, por supuesto en el área hay muchos, pero hay dos de ellos muy hermosos y concurridos por el turismo nacional e internacional. Salimos a las 8 de la mañana y sin escalas. Uno de los compañeros del grupo, comentó que en la ciudad, existía una forma de llegar a los cenotes en una ruta rápida, agradable, barata y era en bicicleta. La idea fue excelente, realizar el recorrido en bicicleta, pero había un inconveniente, era soportar el calor y la humedad que hay en la península de Yucatán. Eso no nos importó mucho, lo importante era pasarla bien. Llegamos a la ciudad, lo primero que hicimos fue preguntar donde alquilaban las bicicletas, todo mundo sabía y no fue difícil dar con los lugares.

Pero como era temprano, empecé a tener hambre, lo primero que hice fue preguntar a una persona que pasaba por la calle, que en donde podía encontrar algo de comer, barato y sabroso. El hombre me recomendó en la esquina de la misma cuadra, había un triciclo, donde vendían tacos de cochinita.

Me dirigí al triciclo y claro a conocer la cochinita que se prepara en la zona. Los extranjeros que iban conmigo, aceptaron la idea de comer en el triciclo, porque no tenían otra alternativa, era temprano y no había ningún restaurante abierto.

En el triciclo, el hombre que vendía los tacos nos vio y nos ofreció su comida, observé que la taquería ambulante tenía una caja de madera donde estaba la carne de puerco con chile, había a lado tortillas, cebollas, limones y una salsa muy verde de chile habanero.

Al ver la carne apetitosa, lo primero que dije: "dame 5 tacos". En ese momento me dije: "que deliciosa carne", a decir verdad, me gusto mucho, porque había comido la misma receta en otros lugares y no me había gustado. Su preparación era diferente, en cada área del estado de Yucatán. Donde el limón y el habanero son los acompañantes importantes en los tacos de cochinita.

2 de agosto de 2006, Valladolid, Yucatán.

III. EL TESORO
DE LA CASONA

ERA EL VERANO DE 1990, CUANDO TOMAMOS LA DECISIÓN mi madre y yo de excavar el suelo de la cocina que nos había intrigado por muchos años. Esa cocina, había estado en la boca de todos, tanto los que vivíamos en esa casa del siglo XVIII, como las personas que llegaban de visita.

La casona había tenido muchas transformaciones desde el siglo XVIII, y hasta donde yo sé, fue a finales del los años cuarenta, del siglo XX cuando terminaron. Todavía la fachada principal presenta su aire de majestuosa y colonial. Dos ventanas amplias con puertas de madera y un portón muy grande, donde se puede ver que no sólo se usaba para que la gente entrara a la casona, sino que también los animales, especialmente caballos. En la parte trasera de la casona, tras la remodelación, se quitaron las puertas, que eran a la mitad, porque en esas áreas los caballos dormían y sacaban la cabeza para que sus dueños les dieran de comer.

Al entrar a la casona hay un patio y el suelo es de piedra rosa, como la que en toda la ciudad se puede ver y disfrutar. Terminando ese pasillo había dos arcos con 3 columnas estilo romano. En la casa había 14 habitaciones, 3 baños comunitarios, 14 cocinas y lavaderos muy antiguos. Por lo que; al parecer, esos lavaderos nunca habían cambiado desde la construcción de la casona.

Los lavaderos cumplían su función para lavar y al mismo tiempo la de que las mujeres socializaran, porque recuerdo muy bien el bullicio desde las 6 de la mañana, en el que el chisme y cosas de mujeres se podían descifrar sin mayor problema. Hasta algunas veces, de repente había peleas con algunas de ellas, por los mismos rumores que rondaban en la casona.

El verano de 1990 fue muy importante, y al mismo tiempo triste y nostálgico para todos los que vivíamos en la casona. El dueño de dicho lugar había muerto y el hijo la había heredado, y con ello, nos dio fecha límite para desocuparla. En la cara de todos los vecinos se podía leer que no querían dejarla. Recuerdo bien las caras de Anita, su esposo don Rafa; de doña Chelo y de doña Luisita,

eran de frustración, pero al mismo tiempo, era un buen momento para buscar un nuevo rumbo. Se quiera o no, se hace una familia con la gente que se comparte el mismo espacio por mucho tiempo.

Mi familia tenía el mismo sentimiento, pero teníamos que hacerlo, desocupar la casona a fin de año.

Al vivir en este tipo de casona antigua, siempre recuerdo que crecí con historias de fantasmas que escuchaba cuando mi madre conversaba con las demás mujeres en los lavaderos. También recuerdo bien que la gente de la casona algunas veces tenía sus tertulias, es decir, se reunían en el patio de la casona para jugar lotería. Era muy interesante ver las caras de los vecinos cuando alguien tenía la suerte de su lado, o simplemente abandonar el juego si no se contaba con dinero para apostar.

Había mucha gente pobre en la casona. Muchos vivían al día. A veces era molesto escuchar la voz del dueño cobrando habitación por habitación, oyendo súplicas de la gente que pedía un plazo mayor para pagar la renta. No lo puedo borrar de mi memoria, las palabras de don Nacho pidiendo de rodillas al dueño que le diera un plazo mayor para pagar la renta. El hombre se había quedado sin dinero por una operación de su rodilla. Al dueño no le importó y le dio de plazo 24 horas para desocupar la habitación. La solidaridad vecinal salió a flote, se recaudó la mitad del pago de la renta de don Nacho esperando que al dueño se le ablandara el corazón, y por la reacción vecinal, el dueño le dió oportunidad de pagar después.

Con tantas experiencias y rumores de que la casona había oro enterrado, en las mañanas en los lavaderos y en las tertulias nocturnas, salían a flote las aventuras de cada vecino. Para Doña Luisita, una mujer de unos 60 años, viuda y con un mal de parkinson, debido a un acci-

dente automovilístico por realizar una peregrinación a la virgen de su devoción, en San Juan de los Lagos, Jalisco. Durante su peregrinación un carro embistió al autobús donde viajaban los peregrinos, muchos murieron, sólo a Doña Luisita le quedó ese mal, por el golpe que recibió en la cabeza, y como consecuencia, tener mal del parkinson en su brazo y boca.

Ella siempre contaba que cuando se levantaba a lavar ropa, aproximadamente a las 5 de la mañana, por que lavaba prendas ajenas para sobrevivir, comentaba que al momento de estar lavando, que por supuesto a esa hora no había nadie, siempre sentía un escalofrío y al mismo tiempo, en la zona de los lavaderos veía como una mujer se sentaba cerca de este lugar. Ella sabía bien que era algo sobrenatural. En sus propias palabras según ella decía:

- ¿Qué quieres de mí?, ¿Dime en qué puedo ayudarte?, ¿Estás en pena? ¿Tienes algún pendiente?

Por supuesto, nunca obtenía una respuesta, sólo rezaba un ave maría y la mujer se retiraba rápidamente. Esa presencia le empezó a molestar y doña Luisita decidió cambiar su horario de trabajo, más tarde, ya cuando el sol se reflejaba en los lavaderos.

En la misma tertulia, estaba Doña Anita, quien era una mujer muy agradable, sin estudios, pero con una voluntad de sobresalir en la vida y muy servicial. Puedo

decir que doña Anita fue mi nana en los primeros años de mi vida. Recuerdo bien haber tenido como 3 o 4 años y visitarla en la noche y escaparme de la habitación de mis padres. La razón de escaparme, era por que Anita tenía una sazón única para los frijoles de la olla. La visitaba para que me hiciera unos tacos. La mujer era tan servicial y amorosa conmigo que no le importaba la hora que fuera, para que su "bebé", como me decía, estuviera feliz y contento.

Anita decía que cuando iba al baño después de la media noche, siempre le tocaban la puerta o que escuchaba ruidos, como si alguien caminara y se parara exactamente afuera del baño. Siempre le ocurría lo mismo. Algunas veces hacía como que entraba y esperaba, para que cuando escuchara los ruidos, salir de sorpresa, lo hizo varias veces pero nunca vio a nadie.

Don Rafa, esposo de Anita, era policía de oficio y velador en un estacionamiento por las noches. Recuerdo bien que ella sólo lo veía por ratos, todo el día se la pasaba trabajando, sus horarios realmente eran muy incómodos para él, siempre se quejaba, pero al mismo tiempo le gustaba y disfrutaba su oficio. Con él aprendí a escuchar música mexicana, en sus días de descanso, ponía su grabadora a todo volumen. Y cuando estaba con la música, nos invitaba a escucharla con mis hermanas. A mí me dió cátedra de quién era José Alfredo Jiménez, Javier Solís, Vicente Fernández, entre otros cantantes de la música ranchera; o a veces, ponía alguna cumbia o norteña.

Don Rafa siempre decía que cuando llegaba de madrugada a la vecindad, siempre tenía un escalofrío al momento de entrar. Cerraba la puerta y caminaba por los patios para llegar a su habitación, ésta se ubicaba hasta el fondo de la casona. Al momento de entrar a su habitación veía una mujer que caminaba al fondo de la casa, dicho fondo era una cocina, nadie la usaba. Todos los que vivíamos en la casona, siempre hablábamos de esa cocina. En las mañana era el tema de conversación. Don Rafa aseguraba que ahí había oro enterrado, porque según él, la mujer fantasma se dirigía a esa cocina y ésa era la señal, que el fantasma de la mujer se presentara en ese lugar y que deberíamos saber todos los que veían a esa mujer.

Para todos existía la impotencia de no poder hacer nada y no tener la oportunidad de abrir el suelo de esa cocina, y descubrir lo que había adentro.

Doña Chelo era una señora muy agradable, con un sentido del humor constante y fiel a causas justas, su oficio era recepcionista y camarera en un hotel del centro de la ciudad, siempre sus horarios de trabajo eran muy variables y por lo general llegaba de madrugada a la casona. Sus historias sobre la casona era que veía exactamente en el espejo de su tocador, una imagen de una mujer, no le veía el rostro, sólo su silueta; era tan aterrador, que varias veces escuchamos sus gritos de terror.

Muchos salían de sus dormitorios para ver lo sucedido. Nos decía lo acontecido y algunos se ponían a rezar y a otros les daba por decir "anda borracha" o "ve mucha televisión". Todos sabíamos bien que algo ocurría en la casona.

Por la experiencia de mi madre, que siempre hablaba con los demás vecinos al respecto, comentaba que se levantaba por la mañana y al momento de ponerse sus zapatos un gato le maullaba, pero lo más extraño era que no había ningún gato en el dormitorio y más extraño aún, era que a veces tenía rasguños de gato en su mano.

En las reuniones de vecinos, algunas veces se incluía en la conversación una señora llamada Carmela. Esta señora no le gustaba socializar mucho con la gente. Muchos la apodaban "la bruja", por su pelo largo negro y su nariz larga, pero lo más extraño de eso, es que según ella, en su habitación escuchaba voces de personas que algunas veces no la dejaban dormir o simplemente la despertaban. Tanto así, que esta señora a principios del año,

antes de que nos pidieran la desocupación de la vecindad, decidió salir lo más pronto posible y decía:

- Esta casa está maldita, ya no puedo vivir más aquí. Me voy, váyanse todos de aquí. Este lugar está embrujado. No lo piensen. Váyanse.

Algunas veces, los inquilinos le comentaban al dueño las experiencias sobrenaturales que ocurrían en la vecindad y si estaba de mal humor su respuesta era:

- Están locos.

O, si estaba de buen humor:

- Sí, me han dicho que hay fantasmas. Creo que es mi tía Severiana, la que anda molestando. En vida era igual, ja ja ja ja.

A la mitad del año, mi tía Nena acababa de llegar de los Estados Unidos. Su plan era quedarse más tiempo en México. Al mismo tiempo, quería iniciar un negocio para ya no regresar al país del norte. Decía que le había aburrido la vida en el vecino país. Con lo que había ahorrado, desde que se fue por primera vez desde la década de los setenta, creía que era suficiente para vivir y así arriesgarse a iniciar un negocio. En los primeros días que había llegado, invitó a todos los inquilinos de la casona a beber. Lo primero que hizo fue comprar unas botellas de tequila sauza blanco y unas cervezas carta blanca tamaño familiar.

Los inquilinos la apreciaban mucho. No solamente por tener bebida y comida gratis, sino que mi tía era muy alegre, bailadora y sociable con la gente. Después de tomar y bailar, mi tía estaba muy borracha, lo primero que hizo fue introducirse a nuestro dormitorio y dormirse en la cama. Mientras afuera la fiesta seguía sin parar.

No recuerdo bien, pero serían las 3 o 4 de la mañana, cuando todos se retiraron a sus dormitorios. Mi familia cerró la puerta, empezamos a dormir, cuando de repente, escuchamos un grito ensordecedor de mi tía.

Realmente fue un grito espantoso. Mi madre encendió la luz del dormitorio, observamos a mi tía muy pálida, recuerdo su cara totalmente fuera de sí; como si hubiera visto a alguien que no era de este mundo. Sólo le dijo a mi madre:

- Había una mujer agarrando mis brazos y los puso en mi cara; no me dejaba respirar. Lo único que pude hacer fue gritar.

Después de este suceso, mi madre y los demás inquilinos le comentaron sobre los sucesos que ocurren en la casona. Fue el tema por muchas semanas.

Entonces, ya para finales del año, muchos fueron desocupando la casona, recuerdo bien la partida de muchos de ellos. Era conmovedor ver los muebles y sus rostros de tristeza. Muchos de ellos dejaban muchos años de su vida en esa casona. Era el tiempo de buscar nuevos horizontes. Los últimos en entregar las habitaciones fueron los miembros de mi familia.

Al instante de que quedamos solos en la casona, se nos ocurrió algo que era fuera de la ley, y a la vez, íbamos a resolver el enigma de esta vecindad.

En una plática con mis amigos de la preparatoria, les comentaba siempre lo que ocurría en el sitio donde vivía. Muchos de ellos me recomendaron abrir el suelo de la cocina "prohibida".

Un día después de clase decidimos ir a la casona. Fuimos tal vez como a las 2 de la tarde. Éramos como 6 los que decidimos abrir el suelo, para esto ya estaban listos con palas y picos. Realmente no era complicado el abrir el suelo, era de ladrillo muy fino. Lo interesante de esta cocina y de muchas de la casona, contaban con horno de barro que se encendía con carbón.

La cocina era muy oscura, estaba al rincón de la casona. Daba la impresión de que nadie en años la había usado y de hecho, actualmente nadie la usaba. A la gente de la casa que quería usarla, nunca le gustaba, por su forma y oscuridad.

Mis amigos y yo con las herramientas en las manos, entramos a la cocina. No le pensamos en abrir y en cuestión de minutos, ya teníamos la mayor parte del piso y la estufa deshecha. Pero de repente, cuando mis amigos estaban siguiendo su labor de abrir, uno de ellos, "El Satán", empezó a desmayarse; en el mismo instante, otro llamado "El Morris", dijo tengo sueño. A los 5 minutos "El kis" y "El rica" dijeron: "Saben qué, vámonos de aquí, esto está muy extraño". Vernos los rostros, fue una forma de decirnos corran de aquí. Salimos en estampida de la cocina. Las herramientas quedaron en la cocina. Mis amigos al estar en la calle sólo me dijeron:

- Sabes qué, esta casa es muy extraña. No chingues, está cabrón la vibra en esa cocina.

Después, en la preparatoria ninguno de ellos mencionó sobre lo ocurrido. El ímpetu de aventura en ellos había acabado.

Entonces, decidí que esa aventura de seguir abriendo el suelo de la cocina, sería sólo con mi familia.

Como había dicho antes, sería en contra de la ley, abrir el suelo en propiedad ajena.

Mi madre me preguntó ¿porqué habían corrido mis amigos tan rápido?, y le comenté lo ocurrido. En el momento que estábamos platicando, escuchamos que tocaron la puerta, era mi tía Nena, quien iba llegando a la casa de visita con su respectivo seis de cerveza.

Nosotros continuamos platicando sobre el mismo tema, en la presencia de mi tía. Al instante, se nos ocurrió seguir escarbando. Fue el momento perfecto porque nadie más estaba en la casona. Sólo nosotros, quienes teníamos hasta diciembre para desocupar la habitación.

A mis hermanas las mandamos con mi abuela, y sólo nos quedamos mi madre, mi tía y yo.

Eran las 2 de la tarde, iniciamos el trabajo de continuar abriendo el suelo de la cocina. En ese momento mi madre dijo:

- Necesitamos poner unas veladoras para que las almas en pena no nos molesten, y al mismo tiempo rezamos unos padres nuestros para protegernos.

En ese momento, mi tía estacionó su camioneta y bajó unas bolsas para poner la tierra.

Esto ya estaba poniéndose en serio, -me dije a mí mismo-. Me puse un poco nervioso por todo lo que había ocurrido anteriormente.

Entramos a la cocina, lo primero que hizo mi madre fue encender las veladoras e inició el rezo. Vimos las palas y los picos que habíamos dejado con mis amigos.

Lo que hice primero, fue tomar la pala y seguir sacando la tierra del suelo. Mientras yo estaba escarbando, mi tía conectó su grabadora con música a todo volumen para sentirnos fuertes y no poner atención a otras cosas, y al mismo tiempo, mi madre encendía más veladoras.

Después de 30 minutos, lo primero que descubrí al seguir sacando la tierra, era una capa de tierra con muchos huesos de animales. Al instante pensé que eran huesos de humano. A todos nos sorprendió la cantidad de ellos, pero era una mezcla de huesos de vaca y pollo. Seguí abriendo la tierra y la segunda capa era una infinidad de platos y tazas, las observamos y parecía que era cerámica fina, pero todo estaba hecho pedazos.

Todos nos quedamos sorprendidos, en ese momento mi cuerpo entraba totalmente abajo del suelo. La próxima cosa que encontré fue una moneda que databa de 1900, era extraño, una sola moneda. Continué escarbando y aparecieron solamente cenizas; era muy grande esta capa, pero en ese momento que yo estaba adentro viendo lo que había encontrado llame a mi madre y a mi tía para mostrárselos.

Antes de que ellas entraran, la tierra que tenía a lado, es decir toda la que había sacado debajo del suelo, que era bastante, de la nada, se me cayó encima como si alguien tuviera la intención de enterrarme dentro de esa cocina. Sólo mi instinto de sobrevivencia me ayudó a salir con todas mis fuerzas. No supe cómo, pero salí, porque sentí toda la tierra encima de mí.

Pero cuando mi madre y mi tía iban entrando, las veladoras que estaban encendidas se apagaron al mismo tiempo y también, la grabadora con la música. Todos nos quedamos viendo entre sí, sólo dijo mi madre:

Cubre eso, esto no está bien. Regresa esa tierra donde estaba.

Salimos de la cocina rápidamente nos dirigimos a la calle. Sin decir ninguna palabra, lo primero que decidimos fue tapar de nuevo lo que habíamos hecho.

Pero al regresar a la cocina, ya no queríamos estar ahí. Se sentía un frío que calaba los huesos. Decidimos hacerlo, cubrimos todo y lo más extraño es que las veladoras y

la música se habían encendido de nuevo. Eso nos dio más escalofrío. Mi madre inició un rezo, mi tía empezó ayudarme a cubrir todo. Terminamos tan rápido, que no supimos que duramos unos 15 minutos en cubrir todo. Después de terminar de cubrir el suelo, nos fuimos a tomar unos tragos de tequila; mi tía fue la que dijo que lo necesitaba para el susto y yo, hice lo mismo.

Mi madre se acercó al refrigerador para tomar una cerveza y en ese instante sonó el teléfono, y lo más extraño, fue que era su amiga vidente. Y le dijo:

- Qué bueno que regresaron las cosas a su lugar; el espíritu está enfadado.

Mi madre contestó:

-¿Cómo sabes lo que estábamos haciendo?

-Lo sé, no me preguntes porqué, sólo reza y diles a los que están contigo que hagan lo mismo. El espíritu está enfadado con ustedes.

Después de escuchar la conversación, decidimos dejar el lugar, salir de la vecindad y al momento de abandonarla, algo dentro de nosotros decía que debíamos salir lo más pronto posible.

En el momento que íbamos en el patio que comunicaba a la calle, el portón se abrió lentamente de repente, y la madera antigua de éste hizo un ruido sepulcral. Lo que vimos nos dejó con un escalofrío. Eso significaba que el espíritu nos estaba invitando a salir de su propiedad, y por supuesto, decidimos salir; al estar en la calle el portón se cerró solo.

Desde ese momento decidimos cambiarnos de esa casona. Al otro día ya estábamos sacando nuestras pertenencias, para nunca volver a esa casona y dejar el tesoro y el espíritu en paz.

Noviembre de 2010. Morelia.

IV. LA MUJER
DE LA BATA ROSA

PARTE I.
2 DE NOVIEMBRE 1995

EN ESE AÑO FUE MUY INTERESANTE PARA JOSÉ. ESO DE lo paranormal siempre le atraía y al mismo tiempo le daba risa. Cuando era niño creció con cuentos, leyendas y relatos de fantasmas. Pero conforme pasó el tiempo, le puso menos atención a esas situaciones de apariciones. La vida moderna atrapa en necesidades u obligaciones, en las que se pierde el sentido de la muerte. Es más, como se dice la muerte da risa.

Para ser mas precisos, ese mes y año, José se dedicaba los fines de semana a trabajar en un bar como *disc jockey*; y al mismo tiempo era músico de un grupo que tocaba con su grupo según el nivel de asistencia en el lugar. Por lo general siempre llegaba a su casa como 2 o 3 de la mañana.

En cierta ocasión, era un sábado aproximadamente a las 3 de la mañana, bajó del taxi donde venía y puso el estuche de su guitarra en la banqueta para abrir la puerta de su casa.

Pero antes, seria importante describir la casa de José. La casa data de finales del siglo XVIII. Le han hecho varios arreglos a la propiedad desde principios del siglo XX y durante la década de los cuarentas, que es como estaba hasta entonces, cuando su familia llegó a la propiedad a principios de los ochentas del pasado siglo.

La propiedad es muy fría. El material de la casa en su mayoría es de piedra por lo que es muy fría la mayor parte del año.

Después de dar este pequeño antecedente de la propiedad.

Cuando José se introdujo en la casa, dió vuelta, y puso seguro a la puerta.

Tomó su estuche de la guitarra, caminó al fondo de la casa donde están las escaleras que comunican a la planta alta y una última planta, donde él habita.

En el instante en que tomó su estuche, vio que al final de la escalera, que era iluminada por una luz que solo abarca el espacio de las escaleras, estaba una mujer, él sabia que era una mujer; porque llevaba unas sandalias color de rosa y una bata color de rosa, la bata le llegaba un poco debajo de las rodillas. Observó bien que tenía la piel muy blanca, tan blanca como una hoja de papel.

Caminó muy lento los últimos escalones y giró a la derecha, por donde se llega a las habitaciones de su familia y donde también está la escalera para subir al piso donde él habita.

En ese momento pensó que era su madre o una de sus hermanas; ya que eran las únicas personas que estaban en la casa. Se dirigió a la habitación de su madre, para comunicarle que estaba ya en casa; observó que la puerta estaba entre abierta y vió que estaba dormida. Le avisó su llegada y ella contesto que estaba bien; ella le dijo que había escuchado ruidos, antes de que él llegara. Tal vez una hora antes.

Ella escucho pasos en la habitación de José, la habitación de ella esta exactamente abajo de la de él, escuchó como si alguien subiera y claro hacia la habitación de él. Las

escaleras que comunican a su recamara son de metal y se escuchan los ruidos al momento de pisar en toda la casa, tanto al momento de subir como al de bajar.

Al instante José le preguntó si ella había bajado, porque pensó que ella había sido la mujer que vio, y le contesto que no había bajado. Él le dijo lo que había visto y se quedaron un poco fríos. Ella se levantó y le dijo:

- Sabes que, eso no me gusta.

Encendieron las luces de toda el área, se dirigieron a la recamara de sus hermanas y las dos estaban dormidas; les quitaron las cobijas y ninguna tenía una bata rosa. Es mas, José nunca había visto una bata de ese color entre ellas y menos a su madre, y tampoco claro, las sandalias, del mismo color.

Cuando comprobó que nadie tenía esos artículos, le llego un escalofrió por lo que había visto; salieron de la habitación de sus hermanas y encendieron las luces de toda la casa, para verificar si era alguien vivo; pero no, realmente había sido algo fuera de este mundo. Registraron toda la casa y nada. Llegaron a la conclusión de que realmente habían visto y escuchado algo sobrenatural. Optaron por irse a dormir y no comentar a nadie lo sucedido. Así quedo por unos días.

Parte 2
7 de noviembre

Cierta tarde, tal vez entre 5 o 6 de la tarde. José se encontraba en su habitación terminando un trabajo para la escuela. Solo estaban en casa su hermana más pequeña y él. Ella estaba en la segunda planta, haciendo su tarea en su recamara.

Cuando de repente, escucho un grito ensordecedor; por supuesto que conocía el grito de su hermana, pensó, esta jugando; pero al mismo tiempo, no le gusto el tono del grito. Bajó rápidamente y al bajar, su hermana le dijo en voz alta:

- Había una mujer sentada en mi cama y desapareció de la nada.

Su hermana estaba en *schok*; nunca había visto a una persona así, en ese estado. Estaba llorando y temblando, la abrazó y le dijo:

- Tranquila, deja ver que hay en tu recamara.

Entró y no había nada.

Después que se tranquilizó, le preguntó que era exactamente lo que había visto. Le describió con lujo de detalle a la persona que estaba en su cama. Que la vio de espaldas, que era una mujer con pelo largo, muy negro y con bata rosa. Al momento en que ella entró a su habitación, la vio sentada, recuerda que gritó por el susto y al momento de gritar y salir de ahí, no vio como desapareció.

Este incidente fue un tema en la familia y les estaba intrigando. Estaban buscando la forma de saber más al respecto; pero se quedó así, sin solución por el momento.

Parte 3
12 de noviembre

La noche de ese día, después de cenar se dirigió cada quien a su habitación. Esa noche fue la más extraña para la mamá de José. Porque cuando ella estaba dormida, un ruido de una máquina de escribir la hizo despertar. Ella pensó: ¿quien estará trabajando a estas horas? Se dirigió a las habitaciones de sus hijas y no vio nada; recordó que ninguna de ellas usa máquina de escribir, se le hizo extraño el ruido, apago la luz y optó por seguir durmiendo; pero el ruido de la máquina siguió, y mas fuerte; se volvió a levantar y nada. Pasó como tres veces más lo que la madre de José escuchó al momento de apagar la luz; hasta que la venció el sueño.

Al siguiente día comentó lo ocurrido y realmente, el miedo ya los estaba atrapando. No sabían que hacer, ya eran muchas cosas en tan poco tiempo. Aunque les pasaban a diferentes integrantes de la familia.

Parte 4
15 de noviembre

Esa tarde, la hermana mayor de José, por lo general se dedicaba a estudiar en la tardes para sus exámenes de medicina. Su recamara se encuentra al terminar el primer piso; y de ahí se comunica al baño que todos usan. El baño cuenta con dos puertas, una puerta comunica a la recamara de su hermana y la otra a la de ella.

Mientras ella estaba estudiando, comentó que al momento de descansar la vista y dirigir su mirada a la puerta del

baño la cual tiene muchos vidrios que no son lisos, sus formas distorsionan las imágenes a través de ellos.

Entonces, cuando su vista se dirigió a la puerta, observó que un cuerpo había pasado de izquierda a derecha. No le puso mucha atención; pensó que alguien de su familia había usado el baño; pero minutos después, recordó que no había nadie más en la casa. No le dio miedo. Pero la siguiente vez que observó hacia la puerta, vio que alguien estaba parada en la puerta; fue entonces cuando ella se levantó y abrió la puerta; para su sorpresa, la persona que estaba ahí, solo camino hacia la otra puerta y caminó sin darse cuenta, que la hermana de José la estaba observando.

Su reacción fue que no gritó, solo siguió lo que estaba observando y de pronto optó por salir de casa. Después esperó hasta que llegaran todos a la casa. No tuvo el valor de entrar sola y hasta que llegaron y comentó lo ocurrido.

Parte 5
20 de noviembre

Esa noche el padre de José, iba llegando de la ciudad de México. Todos se encontraban dormidos. Lo primero que hizo, fue entrar al baño. Al baño que se encuentra en el primer piso; para su sorpresa, dejó la puerta del baño abierta. El seguía sentado, cuando vio pasar a una mujer con la bata rosa; pensó que era una de sus hijas; cerró la puerta, y gritó:

- ¿Que hay de cenar?

Pero nadie le contestó.

Cuando salió del baño, se dio cuenta de que nadie estaba despierto. Al siguiente día comentó lo ocurrido. Se seguían intercambiando las experiencias previas sobre los fenómenos que cada uno iba experimentando.

Parte 6 y final
1 de diciembre

Esa mañana, la madre de José fue de compras al mercado; precisamente ese día de compras, se encontró a una vecina de la calle donde viven. Esa mujer, toda su vida había vivido en la misma calle, desde que nació y tenía 85 años de edad.

La madre le empezó a comentar sobre lo ocurrido en la casa. De lo que cada de uno de los miembros de la familia habían visto y escuchado, esas cosas extrañas. La mujer empezó a reír y a la madre de José como que no le hizo mucha gracia la risa de la vecina.

La mujer se disculpó, por reírse y le dijo:

- Mira, como tú sabes, yo siempre he vivido en esta calle; he conocido a mucha gente, los que llegan, los que se van, los que nacen y los que se mueren; desgraciadamente, lo que ocurrió en tu casa, fue hace mucho tiempo. Si no dios me da memoria, recuerdo que fue en los primeros años de la década de los cuarenta.

- Ahí en esa casa vivía una muchacha soltera, con su madre. El oficio de esa chica, era secretaria; pero tenía un problema de salud y era asma lo que tenía.

- Recuerdo que cierta noche, su madre estaba tocando la puerta de mi casa. (Recuerda que de joven mi oficio era enfermera). La madre de la chica me dijo: "Disculpa Mari, ¿podrás ir a mi casa?, porque mi hija se encuentra enferma".

- No tardé mucho en ponerme mis zapatos y una chaqueta, salí con ella rumbo a su casa. Cuando entramos en la casa, sentí que algo grave había ocurrido, subimos las escaleras, la madre empezó a gritarle a la chica que donde estaba, por que entramos a su recamara y no estaba. Recorrimos todo el piso y solo nos faltaba el baño, cuando vimos el cuerpo de la chica en el suelo; la levanté, le tomé el pulso y no me daba señales de vida. En ese momento pensé que estaba muerta, realmente lo estaba, por como estaba su cara, se había asfixiado por el problema del asma, estaba muy fría del cuerpo; tendría ya como unos 15 o 20 minutos muerta. Recuerdo bien esa noche. Ella tenía una bata rosa y sus sandalias rosas. Era muy blanca, su pelo largo y muy negro.

- Solo observé que su madre empezó a llorar; le ayudé a levantarla y la acomodamos en su recamara; mientras su madre no paraba de llorar, me dirigí a hablar a un doctor, para que constatara realmente lo que le había ocurrido. Fue todo lo que recuerdo de esa ocasión en tu casa.

La mujer se quedo pensativa y le comentó a la madre de José:

- Lo que pasa en tu casa, es que esa chica está apareciendo de nuevo y necesita descansar en paz. Te recomiendo que le mandes hacer una misa y ponle unas veladoras en casa.

La madre de José, después de escuchar lo que había hablado con la vecina. Regreso a casa y les contó con

lujo de detalle lo que había dicho la vecina. Todos se quedaron muy fríos al estar escuchando lo que les decía la madre. Desde ese momento. La madre fue al templo que se encontraba a la vuelta de la casa; le ofreció una misa a la chica, y puso unas veladoras en la casa. Y desde entonces, la mujer de la bata rosa, nunca volvió aparecer.

20 de noviembre de 2008

V. CRÓNICA DE VIAJE

Cuto de la Esperanza
Michoacán. 9:00 A.M.

EL DÍA SE PRESENTABA AGRADABLE, EL CIELO MEDIO nublado, sin lluvia. Manolo pensaba en el instante, en como estaría el campo y lo más importante, el lugar a donde se dirigían, Cuto de la Esperanza; el bien conocido pueblo por los viajeros de esta zona de México.

Anteriormente Manolo y sus amigos habían realizado algunos viajes a ese lugar, a buscar ese gran preciado, querido y temido hongo. Ese día les esperaba una gran sorpresa.

Llegaron a un paraje, en las inmediaciones de un lugar llamado "La Alberca". El campo se encontraba todavía húmedo por el rocío de la mañana, lo que recolectaron no era suficiente; optaron por regresar unos metros cerca de otro pueblo llamado Tiristarán y Cuto; bajaron del auto los cuatro viajeros, iban muy bien preparados con mucha agua, fruta y sus sombreros para que el sol no les quemara; ahí fueron apareciendo algunos "nanacatl", que proviene de la palabra nahuatl, que significa hongo.

11:30 A.M.

Como no encontraron muchos ahí, cambiaron de lugar, un amigo de Manolo, el día anterior le había comentado que existía una gran variedad en un lugar cerca de donde ellos se encontraban; llegaron al pueblo y arribaron a un paraje que les pareció el lugar indicado.

Saltaron una cerca que encontraron en el camino y una de las compañeras de viaje encontró una gran cantidad, otro de los amigos encontró una familia completa de champiñones y a todos se les fueron apareciendo como si los estuvieran esperando y dijeran aquí estamos, para que nos coman, somos de ustedes y de nadie más.

Cada uno fue encontrando su ración exacta y buscando un lugar especial para sentarse a disfrutar de su recolección.

Todos tenían ya su alimento sagrado listo para devorar; Manolo se sentó en un lugar donde se veía la sierra hacia el poniente, al norte se observaba una colina muy verde con grandes árboles, al oriente se veía el pueblo de Tiristaran con sus tejados y sus paredes rojo con blanco.

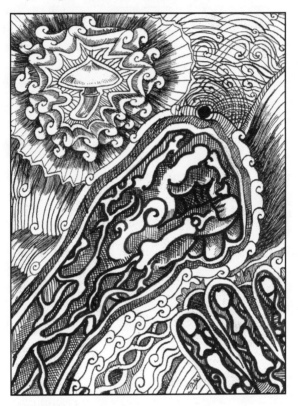

12:30 P.M.

Después de comer, empezaron a caminar y de repente Manolo sintió una pesadez en su cuerpo, no respondía al caminar; se recostó en el campo y le llegó un sueño, pero no tuvo que dormir para soñar, era un sueño despierto; se quedo viendo hacia la colina que estaba frente de él. Lo primero que sintió después de la pesadez en su cuerpo, fue un ataque de risa incontrolable, los cuatro empezaron a reírse de la nada; se sentían bien el estar riendo de la nada, fue una risa muy gratificante.

Manolo empezó a tener visiones; la primera fue ver como corría la sangre en su mano, con el movimiento que hay en las venas; después observó los huesos de su brazo como si fuera un cadáver; retiro la vista del brazo y se acostó viendo hacia el cielo; lo veía de un azul intenso, un azul que nunca había visto en su vida; después cambiaba a un rojo sangre que contrastaba con el blanco de las nubes.

Cambio de posición hacia su derecha y en el fondo se observaba la colina a través de las piedras que estaban ahí y dijo en voz alta:

- Esas piedras son la gran Zimbawe (África)

Él podía ver sus grandes muros en forma circular como son en realidad; quitó la vista de esas rocas y la dirigió hacia otras piedras que estaban a un lado, de la nada sintió que se encontraba en Stonehenge (Inglaterra).

Nuestro amigo no podía explicar porque esos cambios bruscos de un lugar a otro, pero cada cambio era más espectacular; después sintió que caminaba por zonas heladas, que por su percepción del viaje, parecía como si estuviera en Siberia, Groenlandia o en algún polo; después de ese viaje, sus imágenes regresaron al lugar donde se encontraba.

De pronto vio que salían sombras en la misma colina donde estaban las piedras, las sombras se escondían de su vista; les preguntaba que quienes eran y no le contestaban; seguían escondidas en las rocas, luego se movieron a los árboles bajo la tierra y tenían el tamaño como de niños u hombrecillos; eso le hizo entender que si habitaban seres como la mitología los representa.

Tiempo ¿?

Cesaron de moverse esas extrañas sombras; una de ellas apareció del tamaño de una persona, vio como se convertía en un humano que parecía un guerrero indígena, tenía un penacho sobre su cabeza y caminaba lentamente hacia él, pero muy firme; desde lejos le decía:

- Tú eres el elegido

Solo eso le decía mientras se acercaba hacia él y cuando más cerca estuvo, desapareció.

De la nada, cambió el paisaje; la imagen que tenía frente a él, era un lugar helado, con bastantes árboles; algo así como un sitio nórdico.

En esa imagen apareció un hombre, que catalogó como un bárbaro, escandinavo; caminaba lentamente hacia él igual que el anterior. Le dijo lo mismo:

-Tú eres el elegido

Terminó de decir eso y desapareció en la nada, nuevamente cambió el paisaje.

Después de estar con esos personajes, giró la vista y el cuerpo; apareció cerca de él un árbol; estaba seco y tenía demasiadas ramas; se quedó viendo fijamente al árbol y de pronto el árbol se lo comió; se introdujo a un lugar oscuro, no había nada, solo una sensación de tranquilidad que nunca había sentido en su vida; sentía que había estado ahí por años.

Posteriormente, observó que había una bolsa flotando en medio de esa oscuridad; era un feto dentro de una bolsa, y se dijo así mismo:

- Ese soy yo.

Fue un momento muy feliz verse ahí flotando en medio de la nada; él no sabia porque pensaba que el feto era él; pero no tenía la menor duda; en su interior sabia que era él.

Se observaba y veía que tranquilo estaba; de repente, volvió a salir del árbol, regresó al mismo lugar; en ese instante observó que su brazo se transformaba en una serpiente, cuyo cuerpo y colores eran inimaginables; observaba como se movía y le recordaba mucho a las imágenes en donde los antiguos mexicanos se expresaban en pinturas o murales. Después regreso al sitio inicial y se podría decir que volvió a la realidad.

Por un instante no observó nada, solo puso atención a los sonidos que había en el lugar; los escuchaba con una nitidez única, las moscas, las vacas, el viento; nunca los había escuchado de esa forma.

Giro su cuerpo boca abajo, el sol le estaba molestando en la cara, tenía puesto un amplio sombrero que le cubría, pero aún así le molestaba.

Su siguiente visión fue ver como la tierra que estaba cerca de su cara empezaba a respirar; y latía como el corazón; le era impresionante ver que la tierra tenía vida, *"claro se decía, la tierra tiene vida"*, veía como salía el aire de la tierra, era algo mágico ver ese espectáculo de aire.

Cambió su vista, hacia el fondo del valle donde se encontraba, y observó que estaba un campesino, fumigando el campo; tenía puesta una mascara para protegerse del líquido que utilizaba; una voz de la nada, decía a gritos:

- La madre tierra está enojada

Claro, supuso que estaba enojada por el líquido que el hombre estaba vertiendo en ella. En ese momento tuvo un malestar, se sentía incómodo al ver ese hombre y escuchar esa voz.

Trató de seguir, observó el cielo, las pocas nubes que había, se convirtieron en un hongo atómico y ahí fue cuando más miedo le dio; observaba ese hongo y seguía escuchando la voz que le decía lo mismo y sintió que ya no podía seguir ahí; de pronto, llegó una tranquilidad, se sintió más seguro y pasaron algunos minutos en los que ya no tuvo mas visiones.

Nuevamente vio el cielo y las nubes, iban a una velocidad impresionante, creyó que estaba terminando el efecto, cuando le llegó un pensamiento, sentía que había estado acostado por cien años, fue realmente desesperante sentirse así, creyó que su familia le había dado por desaparecido o muerto, fueron tantas cosas que llegaron a su mente que creía imposible haber estado acostado por tanto tiempo, pero como iba despertando a la realidad; se fue ubicando poco a poco en el tiempo y lo ayudó observar que sus amigos también estaban despertando del efecto, igual que él.

Después de estar regresando a la realidad, lo primero que pregunto a uno de sus amigos fue que día y hora eran, le dijeron que eran las cuatro de la tarde; al escuchar eso se sintió mas tranquilo de saber que no habían pasado cien años.

Lo primero que hizo después de regresar del viaje, fue tomar agua, tenía una sed impresionante, tomo mucha agua, luego se fue acercando al carro de su amigo y puso música, el disco de "amigos", de Santana, fue muy agradable escucharlo, por que al instante regresó el efecto de los hongos y observaba que los caminos y los árboles se movían; ese efecto duró todo lo que dura ese disco; es decir como cuarenta minutos.

El tiempo total del efecto en él fue de cinco a seis horas aproximadamente; demasiado tiempo, pero fue una experiencia única, que le enseñó cosas que nunca imagino y muy agradable; otras veces ha intentado la experiencia y nunca le ha ocurrido el viaje a esa magnitud.

Es todo, aquí termina la crónica de viaje.

Michoacán, Agosto-2000

VI. TODO SEA POR EL ROCK AND ROLL

I.

ERAN MOMENTOS DE TRANSICIÓN EN LA VIDA DE CARLOS, acababa de concluir la secundaria. El panorama sobre lo que iba pasar con sus estudios, era muy complejo. Se sentía libre, el ser joven con 18 años, ya pensaba de otra manera. Existía en él, un ímpetu de crear música, pintura, video y usar todas las artes en las que se pudiese expresar. Tenía el talento y carisma para desenvolverse en cualquier ámbito.

Pero regresando con su situación en la escuela, decidió iniciar una carrera técnica donde la electrónica le interesaba y más específicamente todo lo que fuera audio y video. Se matriculo en el bachillerato, pero al final del semestre, había reprobado tres materias; con esto se le daba de baja de la escuela automáticamente. En ese instituto hizo buenas amistades y descubrió al mismo tiempo que la electrónica no sería su camino.

Al ser retirado de la escuela, ese invierno se sintió que no podía hacer nada referente a su educación. Lo primero que hizo fue iniciarse en la venta de casetes grabados.

Donde la música rock era su escape y su conexión con un sector de la sociedad interesante, es decir con un grupo de jóvenes de 15 a más de 50 años. De todo tipo de estatus socio económico.

Los domingos se realizaba un mercado en la ciudad donde residía. En este mercado se vendía todo tipo de cosas usadas, comida, tráfico de drogas y por supuesto se iniciaba la venta de música grabada en casete y películas en formatos beta y vhs.

Carlos aprovechó un buen momento, porque nadie copiaba y vendía música de rock en el mercado. Fue uno de los pioneros en comerciar rock clásico, new age y heavy metal. El contacto con un sector juvenil y no tan juvenil, ávido de música y por supuesto al que muchos de ellos no podían acceder a comprar música en su formato original, ya que las copias tienen un costo inferior y el trueque funcionaba muy bien, especialmente el de los acetatos. Esto hizo que en poco tiempo Carlos fuera prosperando; lo ayudo a contar con una colección de música impresionante, claro las ventas le proporcionaron dinero para comprar su primera guitarra eléctrica, amplificador, sostenerse toda la semana sin tener un trabajo estable y ayudar así a la familia en gastos de casa.

Durante los días que no laboraba en el mercado dominical, descubrió un hombre que vendía en el centro de la ciudad. Al ir caminando por una parte donde hay unos portales, que muchos comerciantes usaban para ofrecer sus productos, el hombre le comento:

- ¡Ey a ti te conozco! Tú vendes en el mercado dominical.
- Así es, ese soy yo.

- Aquí en el centro se vende mejor, si gustas venir aquí, no hay problema. Con lo que vendo diario, me da para vivir bien.
- Me parece excelente idea.
- Así es compadre, tú ven aquí, no te preocupes, para todos hay.
- Muy bien, y ¿Cómo te llamas?
- Alexis, soy de la capital. ¿Y tú?
- Carlos alias el Boss.
- Zas, entonces, te veo mañana.

Alexis era uno de esos tipos que se la pasaba en diferentes ciudades del país. Se mantenía de vender copias de casetes y a la vez artesanías que el mismo fabricaba. La vida de hippie que a el le gustaba, lo tomaba muy en serio. Tenía mucha suerte con las chicas de barrios pobres de la ciudad, muchas de ellas visitaban el centro de la ciudad para admirar su centro histórico, de compras o pasar el rato en sus jardines. Desde que lo invitó a vender con él, siempre lo visitaban chicas de todo tipo, no discriminaba. Muchas de ellas sentían atracción por los chicos malos, Alexis era uno de esos, lo veían con pelo largo y vestido de negro, esa apariencia les atraía y Carlos no se escapaba y usaba el mismo estilo. Alexis tenía una chica diferente cada día, el mismo decía:

- No soy un *rock star*, pero es casi lo mismo, soy un galán y las chicas me siguen.

Carlos continuó algunas semanas vendiendo con el, pero vio la oportunidad de vender solo y en otra área del centro histórico; pensó que era lo mejor y así no depender de nadie. Le ayudo mucho estar con Alexis, porque aprendió como era la organización, el trato al cliente y el sistema de vender en la calle. La calle le enseñó

mucho, a sobrevivir en su vida. Fue como su escuela y conoció todo tipo de gente.

De Alexis solo se sabe que continuó como un shaman o gurú. Fue muy extraño ese cambio, pero al parecer esa vida de charlatán le ayudaría a tener más mujeres y ser victimas del apetito sexual del nuevo iluminado.

Cuando Carlos ya estaba en la escena de los comerciantes ambulantes. Tenía separado de su mente el continuar estudiando, lo que pensó era que tenía que esperar hasta el próximo año escolar para matricularse en el bachillerato.

II.

En sus visitas frecuentes como vendedor al centro de la ciudad, conoció a una diversidad de personajes, que estaban en lo mismo de vender todo tipo de cosas por una necesidad económica. Ya que la situación del país, después de frecuentes crisis económicas, había arrojado a miles de personas a buscar la vida en muchas formas, una de ellas era el comercio informal. La vida de comerciante en la calle, es difícil, pero no había muchas opciones para mucha gente. Pero realmente muchos dependían de esa vida y salía para los gastos más importantes de la vida diaria.

En dicho lugar, Carlos inicio amistad con hippies, artesanos y roqueros que ofrecían una diversidad de artesanías.

Uno de los primeros en hacer amistad fue Juan, un artesano que fabricaba cosas de plata, era un gran pintor en acuarela y óleo. La conexión entre ellos fue la música rock y especialmente todo ese llamado rock progresivo ingles, italiano, alemán y holandés. Fue una amistad de intercambio de música por artesanías. Con el paso de los meses se organizaron un grupo musical, donde el blues fue lo que expresaron mejor, con letras contra el sistema político y canciones de amor para dedicarles a las chicas que aparecían ambulando en la avenida principal de la ciudad y quienes también, fueron sus musas de inspiración.

Juan era un tipo muy creativo, ya fuera en su oficio como artesano y al mismo tiempo como pintor, donde tenía mucha reputación en el ambiente artístico de la ciudad; con varias exhibiciones en su curriculum, en las que expresaba todas sus emociones, una de ellas era que se

sentía frustrado en la relación con su esposa; con el paso de los años, esa relación terminó en divorcio. En él se pudo ver un cambio extremo, sobre todo, en su arte, fue impresionante la transformación; fue muy expresiva, con mas temática y simbolismo.

Carlos y Juan tuvieron buena conexión, donde la música los llevó a ofrecer algunos conciertos en la ciudad, sin mucha audiencia, pero lo importante era expresar sus ideas musicales y el mensaje que querían expresar. Aquí para Carlos, fue el inicio de una diversidad de agrupaciones musicales.

Después con los años, lo único que sabe del buen artista de Juan es que se fue a Europa a exponer su arte y allá decidió asentarse como una forma de expandir nuevos horizontes.

III.

La vida en la calle era fascinante para Carlos, el llegar las 5 de la tarde, el esperar un lugar desocupado, debido a que a esa hora los comerciantes ambulantes que pertenecían a algunas organizaciones de comerciantes, tenían más derecho de tener un lugar fijo; a esa hora los

comerciantes recogían sus mercancías, y muchos comerciantes los llamados libres, que no pertenecían a alguna agrupación auspiciada por el partido oficial del país y que al mismo tiempo no les interesaba unirse al gremio, esperaban para instalarse con su mercancía, la retirada de los comerciantes oficiales.

Carlos al esperar un lugar donde instalarse, inició una plática con un hombre que también esperaba, su nombre era Jorge y toda la gente lo conocía por George, debido a su parecido, según ellos, a George Harrison, guitarrista de Los Beatles. El George al iniciar la plática comentó:

- Ya te he visto anteriormente vendiendo aquí en el portal y observé que tenías buenas bandas en tu colección, ¿tendrás a The who?

Esa agrupación era su grupo favorito. Carlos le comentó que traía varios álbumes; en ese instante al George le cayó muy bien el joven Carlos, fue su cliente frecuente de los clásicos del rock and roll. El George era un artesano del alambre, trabajaba todo tipo de alambre, hacia maravillas en aretes, collares, anillos y pulseras. Era de la ciudad de México, que había abandonado por vivir en la provincia.

Divorciado ya de una chica provinciana. Gracias a su tipo de artesanías, atraía a muchas mujeres. Tenía un defecto, que según el era muy bueno con las mujeres; era galán, parlanchín y sabía seducir a cualquier chica sin problema. Tanto así que varias ocasiones abandonaba su negocio, dejándolo encargado con su vecino de al lado. Su adicción a las mujeres fue tanta, que una de ellas era casada y el marido engañado lo amenazo de muerte y tuvo que huir de la ciudad. Ahora se encuentra en alguna playa de Oaxaca, viviendo de su oficio, pero ya casado, con 2 hijos y con una vida mas estable. Sus experiencias previas le enseñaron que no era el camino a seguir como casanova.

IV.

Otro de los personajes que ambulaban en los portales del centro histórico, era Miguel mejor conocido como el tigre, un artesano errante, que ya contaba con muchos años radicando en la ciudad. Él trabajaba todo tipo de artesanías, desde alambre, piel y piedras. Era otro de esos

seductores que por eso se gano su apodo, por acechar a sus presas. Lo hacía muy bien, sus presas eran chicas extranjeras que llegaban a la ciudad y lo veían como el clásico latín lover, pero versión hippie. Muchos de los artesanos le hacían bromas al respecto, también lo apodaban la artesanía, porque las chicas extranjeras se lo querían llevar como recuerdo.

El tigre le enseño el arte de la seducción de las chicas a Carlos; es decir, como acercarse a ellas, como hablarles o como ofrecer los productos, para que ellas se sintieran cómodas y romper el hielo; y así, conseguir una cita con alguna interesada. Fueron lecciones de días, semanas, y esas lecciones le funcionaron muy bien a Carlos; desde entonces, fue un hábil vendedor y seductor de las chicas que ambulaban por los portales y una que otra mujer madura que laboraban en las oficinas de gobierno, a muchas de ellas les gustaba la vida hippie y sin compromiso.

Todos los días varios de los artesanos tenían grupos de chicas a su lado, era numeroso el grupo de fanáticas; incluso muchos hombres de las organizaciones de comerciantes, veían con celo las visitas y algunos iniciaron un complot contra los comerciantes libres, pero no paso a mayores, muchas de las mujeres comerciantes lo tomaron como una forma de atraer más clientes para comprar sus mercancías.

Algunos años después, el tigre decidió salir de la ciudad, le había aburrido la vida en la ciudad colonial. Se animó a ir de gira al sureste del país, debido a que conoció a una chica norteamericana; la chica lo había invitado a dar una gira por meses por la costa del pacifico y ciudades mayas. Iniciaron una relación estable, que lo hizo cruzar la frontera del norte indocumentado. Al llegar a la Unión Americana, la chica no quiso saber nada de él; él no tomó en serio su decisión y aprovechó para ir a San Francisco, lugar que para él representaba la cuna del hipismo, y que mejor que vivirlo, aun con años de retraso y con algunos resabios de ese movimiento. Continúo viviendo de las artesanías y además inició como líder de una organización que lucha por los derechos de los trabajadores migrantes.

V.

Carlos continúo conociendo mucha gente y vendiendo en las calles, se relacionó con estudiantes de música y gracias a esa relación, inició el estudio de la guitarra; muchos de esos músicos le enseñaron como ejecutar la guitarra. Perfecciono la forma e inicio a componer canciones mas elaboradas.

En cuestión de dos meses, ya había hecho amistad con un baterista y con otro guitarrista. Formaron una banda de refritos de otros grupos, pero lo importante era ofrecer

al público canciones originales. Grabaron un disco de 7 canciones, muy austero, pero para ellos significaba mucho esa experiencia. Con ello, en un concierto realizado en un bar recién abierto en la ciudad, un grupo ya de mucha experiencia en la ciudad los invito a una serie de conciertos en distintos sitios; y gracias a eso, muchos gerentes los contrataron para eventos. Uno de tantos eventos, se convirtió en uno de los más importantes para esta banda, fue tocar en la plaza de toros. Este concierto invitó a varios grupos locales y tuvo una audiencia de 5 mil personas, ellos no lo podían creer, fue su clímax como grupo. El guitarrista decidió continuar haciendo refritos de otros grupos, eso fue su oficio por años; el baterista dejó su pasatiempo, que eran los tambores, debido a que su novia le advirtió que en la escena musical había muchas mujeres fáciles y opto por retirarse, ya que era ella o el grupo. Esto a Carlos, lo frustró, pero continúo componiendo canciones y buscando gente que se conjuntara con su plan de realizar música original y sin tanto drama entre músicos.

VI.

Por lo tanto, la vida en la calle continuaba, ahí en esos meses apareció en los portales un hombre de gran altura, pelo largo y de gran barba. Al parecer tenia meses sin bañar, cuando puso en el suelo sus mercancías, todos los demás artesanos y la gente que pasaba, observaban el tipo de trabajo que exhibía, era único en el área, aparecieron fundas de espadas, espadas, botellas, amuletos, pipas llamadas hukas y pipas de diferentes formas. Su trabajo era único en la ciudad. En cuestión de horas, sus artesanías se vendieron totalmente. La gente apreció su trabajo. Su arte consistía en una especie de plastilina dura, que daba forma en cada artefacto, le insertaba piedras, cristales y

le daba forma de animales o personas a esa plastilina y concluía con una pintura café para darle un aspecto más antiguo.

Al escuchar hablar a ese hombre, se notaba su fuerte acento español. Lo primero que hizo el hombre fue conocer a todas las personas que estaban a su alrededor, especialmente a los artesanos. Uno de los primeros con los que hizo conversación, fue con Carlos, se presentó e inicio preguntándole donde hospedarse, comer y como era la situación para vender en el centro histórico. Carlos le dio información de todo lo que le preguntaba.

El nombre del artesano español recién llegado, era Vicente. Originario de la ciudad de Granada, España. En sus propias palabras, había salido de su país, para conocer y probar suerte en America; había llegado con 4 amigos más, en cosa de meses ya habían estado en muchos lugares de México, les gustaba tanto, que estaban pensando en no regresar a Europa. Para él, México ofrecía mucho y una estabilidad emocional y espiritual. Según su vida en España estaba muy podrida, es decir mucha droga; él trataba de escapar de su afición a la heroína, ya tenía meses sin usarla; se sentía limpio, México le daba esa paz interior y a la vez escape de no caer en la trampa de la droga. Tenía casi ocho meses sin inyectarse.

A este artesano español le gustó tanto la ciudad, que decidió quedarse a vivir en ella y no mudarse por el momento a otra. Sus amigos hicieron lo mismo. Como el hombre decía, se sentían tan podridos, que una chica que venía con ellos, murió de sida en esta ciudad. Era adicta también a la heroína y se había infectado en Europa por compartir jeringas, sus últimos meses los vivió en México. Sus cenizas descansan en un lago muy cerca de la ciudad.

Al hacer buena amistad el artesano español con Carlos, una de suus primeras pláticas fue sobre lo que sucedía con la movida musical en España, para él, la música Punk todavía era muy popular en la juventud española; según él, esta música le había cambiado la vida. Era dibujante de las cubiertas de muchas bandas locales en Granada y Madrid. Carlos le comentó que tenía una banda de rock; por lo que el español le ofreció a cambio de su música grabada, realizar la cubierta de su disco y algunos detalles más de escenografía.

A Carlos le gustó mucho la idea, lo realizaron como fue acordado. Un concierto en un café ubicado en el sur de la ciudad, fue donde el español demostró que era un maestro en escenografía; la gente disfruto tanto, porque la escenografía consistía en que mientras la banda de Carlos tocaba, el tenía varias mantas de gran tamaño detrás de la banda y pintaba al ritmo que sentía. Solamente fueron dos presentaciones, pero muy recordadas en la escena artística de la ciudad.

Con el tiempo, Vicente empezó a desesperarse de estar en la ciudad. Conoció a una chica guatemalteca y ambos decidieron mudarse a la Antigua Guatemala. De esa relación nació una niña, el hombre al parecer vivía sin complicaciones, vivía de su arte; pero esos demonios internos le hicieron caer en el vicio nuevamente y murió de una sobredosis de heroína, sus cenizas descansan en el caribe.

VII.

Carlos continuaba con su vida musical y en la venta de su música en la calle. Había pasado ya un año de estar de comerciante; sus andanzas le fueron muy fructíferas, eso le enseño a pensar en nuevas cosas, verlo desde otra perspectiva. Tenía ya planes para su futuro. Su mente pensaba en seguir estudiando. Al inicio del año escolar ya se había matriculado, concluyo los 3 años que se requerían del bachillerato y continuó estudiando en la universidad, decidió estudiar arqueología. Por lo tanto, con la música solo grabo un disco, con una banda que organizó en la universidad, tuvieron un éxito en la radio local con algunas canciones y en lugares que se presentaban en ciudades de provincia. Su vida giraba con la música, y así como él decía todo sea por el rock and roll.

Morelia, 22 de agosto de 2010

VII. EL JOVEN MÉDICO

I.

ERA FINALES DE MAYO, CUANDO EL CALOR ESTABA EN SU máximo esplendor. El andar en la calle a las 2 de la tarde daba la impresión de un pueblo fantasma. Nadie salía a la calle; solo los perros vagabundeaban, pero refugiándose en la sombra de los tejados de las casas.

El pueblo siempre daba la impresión de que solo había vida antes de las 10 de la mañana, ya que la gente despertaba antes que saliera el sol, para así tomar la siesta a la hora del calor y salir a las 5 de la tarde, cuando el sol ya no pueda provocar bochornos, e ingerir agua en grandes cantidades para contrarrestar el calor.

El joven médico se encontraba en la hamaca del patio trasero de la casa de sus abuelos maternos, bajo la sombra de un árbol de limón que no dejaba pasar los rayos solares de la tarde. Disfrutaba una cerveza medio tibia, pero la ingería porque su cuerpo le pedía líquido. En ese momento tenia en mente la gran decisión de donde realizar su servicio social, que requería la facultad de medicina. Dicho servicio tendría que ser por un año y realizarlo en cualquier pueblo donde no se tuviera acceso a un médico.

La decisión lo tenia pensativo y reflexionando sobre que lugar elegir. No era fácil la elección. El conocía bien la zona donde tendría las opciones, solo contaba con 2 días para presentarlo en la facultad y así realizar los trámites recurrentes para su validación.

Tenia dos pueblos como opción, el primero le quedaba muy lejos de su lugar de origen y de donde estudiaba la carrera; el segundo pueblo se encontraba igual, pero tenía un amigo que se encontraba realizando el servicio social ahí, y ese contacto le podría ayudar a tener conocimiento sobre lo que sucedía en el pueblo y las necesidades que se requieren en su campo como médico. La segunda opción, lo tenía mas convencido.

Se levantó de la hamaca, con una decisión ya precisa sobre su opción. Fue a su habitación para comentarle a su abuelo sobre su decisión ya concretada. Y la respuesta del abuelo fue muy bien recibida; porque el abuelo tenía experiencia en ese pueblo como artesano y comerciante de oro y plata. Y le comento:

- El pueblo que has decidido es muy prospero en temporada de melón, sandia, mango y maíz. Es una buena decisión y al mismo tiempo estarás cerca de nosotros.

El joven médico abrió los ojos con la expresión de que no estaba equivocado en su elección. Al día siguiente preparó su maleta para ir a la ciudad capital a registrarse y realizar los trámites para el servicio social.

II.

Al amanecer en la ciudad, el joven medico se encontraba en la facultad de medicina, decidido a registrarse y terminar cuanto antes la documentación requerida.

Aproximadamente a las 4 de la tarde se encontraba de regreso a la vecindad donde había vivido gran parte de su vida escolar, desde la secundaria y toda la carrera de medicina. Al llegar a su habitación todos los estudiantes que habitaban la vecindad, le propusieron celebrar su decisión y al mismo tiempo sería la ultima reunión de todos, porque la mayoría habían llegado a la ciudad desde diferentes pueblos solamente para estudiar una carrera. Y era el momento para celebrar y despedirse. Lo primero que hicieron fue ir a la zona roja de la ciudad. Donde el alcohol en abundancia, prostitutas, desvelados, borrachos y violencia, era lo que se veía por doquier.

El joven médico estaba con unos tragos, solo veía las bocas de sus amigos estudiantes moverse, todos comentaban sobre sus planes al concluir sus respectivas carreras, pero él no ponía atención a sus comentarios. Seguía perdido en sus pensamientos. Intuía que el realizar el servicio social, era el paso para salir de la pobreza que había vivido y al mismo tiempo la libertad de encontrarse a si mismo. Su mente no lo dejaba estar en paz por el abandono de su padre, el trauma lo seguía cargando. Pero ese abandono era doble, por que su madre también lo hizo pero en diferente forma; para resolver la situación económica de la ausencia del padre. Esas cosas nunca lo dejaban en paz. Toda su niñez y adolescencia vivió con imágenes sobre su padre que regresaría. Cumplió sus 18 años y lo seguía esperando. Entendió lo sucedido con el tiempo.

Descubrió que su padre era un agrónomo y gerente de un banco. Que dicha posición atraía a las mujeres de todo ámbito y malas amistades. El padre atraía problemas gratuitos. Y por tantos problemas, con maridos enfurecidos, campesinos enfurecidos por no tener créditos y padres de las novias; tuvo que tener seguridad particular, porque varias veces intentaron asesinarlo. Pero el hombre era astuto y sabía muy bien como escapar. Ser un don Juan y con una combinación de alcohólico; en cualquier momento del día, una bebida era la solución para golpear a la madre del joven medico.

Esos descubrimientos del pasado, lo hicieron pensar que nunca perdonaría a su padre. Tanto que fue a buscarlo;

pero lo único que encontró fue que contaba con un gran número de medios hermanos en muchas ciudades del país y cuando pregunto de su padre, solo le dijeron en que cementerio se localizaba.

Al conocer y hablar con sus medios hermanos; descubrió una verdad sobre el carácter de su padre, los hermanos le comentaron que había sido un excelente padre. Al escuchar eso, se le hizo un nudo en la garganta, con ganas de soltar el llanto y haberle dicho en su cara, que eso era lo que había necesitado toda su vida.

Visitó el cementerio, sintió un alivio, pero seguía con esa rabia para decirle el odio que le tenía por su ausencia. El dolor sabía que no era bueno, en su mente decía, ese odio lo quitare hasta mi muerte. Pero al salir del cementerio sintió una nueva energía, como si hubiese renacido. Regresó la mirada a la tumba de su padre de nuevo, sonrió y dijo:

- Descansa en paz.

III.

El autobús salía a las 5 de la tarde. Era largo el viaje de unas 7 horas hasta su destino final. Tenía sus documentos en regla y con unas ganas de realizar su servicio social, sabía que contaba con los conocimientos necesarios para la actividad medica; al mismo tiempo, era un buen medico, sociable y con ganas de aportar a la sociedad.

Durante todo el viaje había decidido dormir y no pensar en cosas negativas de llegar al un lugar nuevo y desconocido; al llegar al pueblo a la media noche, descendió del viejo autobús y observó que estaba en la plaza principal del pueblo. Las únicas referencias que tenía, era que en una de las esquinas de la plaza estaba el único hotel del pueblo.

No quiso hacer mas recorridos del pueblo. Lo que importaba era descansar, prepararse para entrevistarse con su amigo medico a quien iba reemplazar, y también buscar un lugar donde iba a habitar y conocer el pueblo.

IV.

La mañana era calurosa en este pueblo, todo el año la temperatura oscilaba en 37 grados centígrados. La gente era amable, pero para el joven médico parecía una ilusión, hasta no vivir completamente y descifrar esa amabilidad. Caminó unos 20 minutos, hasta donde se encontraba una pequeña clínica que ofrecía servicios médicos a la población. Con un equipo de 2 enfermeras, un médico de base y un médico en servicio social.

Al entrar vio a su amigo, se dieron un fuerte abrazo y un saludo que los pacientes observaron a todo detalle. Tan rápido fue el recorrido de la clínica que optaron por ir a tomar una bebida fría para contrarrestar el calor de la mañana. Su amigo le empezó a dar detalles sobre su año de servicio, le dijo los pros y contras de la clínica del pueblo, de las personas y lo agotante de vivir en el calor.

En el mismo restaurante, estaban entrando dos hombres, por su manera de hablar en voz alta y su forma de vestir, se podía ver que eran hombres de dinero y poderosos. Esos hombres vieron a los jóvenes médicos y uno de ellos comentó en voz alta:

- Otro médico mas en el pueblo, ja, ja, ja, ja. En este pueblo no se necesitan médicos.

En ese momento se escucharon voces de mujeres rezando, y todos salieron a ver de quienes eran esas voces. Era una procesión fúnebre. El segundo hombre comentó:

- Ya ven, ese muerto era el dueño de la funeraria. Se murió de hambre, porque en este pueblo todos somos muy sanos.

Todos comenzaron a reír. Excepto los jóvenes médicos. Pero el amigo del joven médico, dijo:

- Después te daré mas información sobre que peligros y precauciones debes tener con estas personas. El dinero de esta gente es molesto, por su prepotencia.

V.

Era muy temprano por la mañana, cuando el joven medico ya estaba vestido y con su bata blanca, listo para iniciar su primer día de labores.

Al entrar a la pequeña clínica, su amigo lo estaba esperando para firmar algunos documentos que se requerían. El amigo le comentó:

- A la hora del almuerzo, quiero invitarte a una buena fonda y sirve que te presento a la dueña, para que la conozcas y al mismo tiempo si gustas ella puede prepararte los alimentos todos los días.

Los jóvenes médicos se dirigieron a la fonda las mercedes. La dueña del restaurante estaba sentada y se levantó inmediatamente al ver a los jóvenes entrar al lugar.

- Los primeros de la mañana, me imagino que tienen hambre.

Y el amigo del joven medico contesto:

- Esa pregunta, ni se pregunta, doña Mari.

Después de presentarse, comer y preguntar sobre los costos de alquilar un dormitorio y realizar dos comidas diarias. El joven medico aceptó la oferta de doña Mari. Al salir de la fonda, los jóvenes caminaron un poco por la plaza. El calor de la tarde inundaba el silencio que a todo mundo obligaba a tomar una siesta. Debajo de un árbol de tamarindo, el amigo del joven médico le comentaba:

- Disculpa, pero los comentarios de los hombres no me agradaron del todo. Dime ¿Qué sucede en el pueblo?

- Que bien que tocas ese punto. Estos hombres son los adinerados del pueblo. Principalmente el hombre mas alto que viste. Es don Pablo Negrón. Te preguntaras, ¿de que?, ¿cómo? Ese dinero es de tener muchas tierras de cultivo de melón, sandia, mango y demás frutas. Pero no solamente son esos productos, siembran mariguana y amapola. Mezclan los productos. Así que ten cuidado. Hace 6 meses, Don Pablo intentó matarme porque no atendí a unos de sus trabajadores. Lo atendí muy apresuradamente, me sentí impotente por que no tenia la medicina y el equipo para ayudarlo, le dije que eso solo se atendía en la ciudad; me puso su arma en la cabeza, le supliqué que no podía hacer nada por el hombre, que era necesario un hospital y en ese instante me quitó el arma y mató a su trabajador. Desde ahí me amenazó, que si en la próxima no rescataba a alguno de sus hombres me ocurriría lo mismo.

El joven medico estaba atento a la conversación de su colega. Veía el rostro de su amigo, como una forma de salir cuanto antes de ese pueblo y el haber cumplido su servicio social y nunca regresar.

Para el joven médico, la aventura de su colega no le pareció que le diera miedo, si no que tenía las agallas para soportar ese tipo de gente.
Le agradeció a su colega la confianza de comentarle lo ocurrido y comentó:

- Tendré mucha prudencia al tratar con esa gente.

VIII.

La familia Negrón tenía un pasado de hacendados desde el siglo XIX y parte del siglo XX, hasta que inicio la revolución y perdieron muchas de las tierras que les expropió el gobierno. Pero la revolución no les quitó todo, de todas maneras, al pasar los años, empezaron a comprar tierra a los pobres campesinos necesitados, muchos de ellos vendían sus tierras para irse de braceros a los Estados Unidos.

También los Negrón eran explotadores y prepotentes en el pueblo y en toda la región. Don Pablo Negrón era el último hijo de esta familia, tenía el control de una red de tráfico de drogas y al mismo tiempo para disimular su negocio conocía todos los mercados de los estados vecinos para vender sus productos frutales.

Don Pablo, aparte de prepotente, parrandero, mujeriego y borracho, era un acosador de chicas jóvenes y bonitas, eso era lo que mas molestaba a la gente del pueblo. Curiosamente, aquel hombre que estuviera enamorado de una chica que a Don Pablo le gustara, desaparecía de forma extraña; aparecían muertos en el río o simplemente muchos huían del pueblo bajo sus amenazas.

Estas cosas en el pueblo, eran secretos a voces. Todo el mundo lo sabía, pero nadie se atrevía a decirle algo al hombre poderoso de la región.

Muchos alcaldes, profesores, médicos o comerciantes que llegaban al pueblo se quejaban sobre la situación. Las quejas habían llegado hasta el escritorio del gobernador y un grupo guerrillero había tratado de secuestrarlo, pero

DON PABLO NEGRÓN

el hombre tenía contactos y una suerte para escapar de dichas situaciones.

Don Pablo, como se hacia llamar como una forma de poder; quien no lo llamara así, estaba en riesgo de ser golpeado, amenazado o amanecer muerto.

El patrón, como también se hacia llamar entre los campesinos, los amenazaba para que sembraran mariguana y amapola en sus tierras. Y aquel que no lo hiciera, seria asesinado. Muchos de ellos, por no tener problemas, seguían con la actividad impuesta por él. Los campesinos estaban entre la espada y la pared. Las autoridades habían llegado a tener bajo control esa área de la región, patrullando permanentemente los militares.

Desde los fines de la década de los sesentas, la región fue un área donde se inició el cultivo de drogas, pero en una forma masiva; muchos campesinos se vieron en la necesidad de hacerlo. Los productos que la región producía desde ajonjolí, maíz, frijol y una diversidad de frutos tropicales, ya no costeaban y no eran rentables para comercializar, esto orilló a los campesinos a involucrarse en la producción de plantas ilícitas.

Los dueños de las tierras, bajo las amenazas de don Pablo y bajo la presión por las autoridades, no tenían más opción que seguir produciendo lo que era rentable.

IX.

El joven médico inició labores de curación y organización de documentos en la clínica; al concluir su labor diaria, ofrecía consultas en el cuarto de hotel donde residía, empezó a ganar dinero extra con las consultas y al mismo tiempo, la gente conocía su trabajo, inició una reputación en la región. Muchas veces la gente no tenía dinero y le pagaban en especie, con animales o alimento. Y de esta forma se fue relacionando con la gente necesitada y con la élite del pueblo.

Con los productos que le pagaban, inicio negocios con la gente que como podía, le pagaba con un caballo o con kilos de maíz. A él no le interesaba la forma de pago, lo más importante era tener el conocimiento y práctica medica. El pago entraba en segundo término.

Cierta tarde, tuvo una visita de un hombre de unos 50 años aproximadamente, conservaba una buena

apariencia; solo muy maltratado por el sol, debido a su labor de campesino. Al instante lo atendió.

La visita del hombre era porque tenía complicaciones por su forma de fumar. El joven medico le realizó un chequeo general y concluyó que si seguía fumando así, en poco tiempo tendría cáncer pulmonar; el hombre solo asintió con la cabeza, se quedó pensativo y solo dijo:

- No puede ser, tengo mucha familia que mantener. Si me muero que será de ellos.

- Solo le recomiendo que desde este momento deje de fumar.
- Pero es difícil hacerlo he intentado varias veces y nada.

- Todo depende de usted.

- Gracias medico. Y a todo esto ¿Cuál es su nombre?

- Mi nombre es Tenoch ¿y el suyo?

- Me llamo Rosendo, Chendo así me dicen en el pueblo y campesino de oficio.

- Don Chendo es un gusto conocerlo, usted es la primera persona en el pueblo que me dice su nombre.

- Si médico, la gente aquí es muy complicada, cuídese, especialmente de los Negrón; que desafortunadamente son mis familiares.

-¡En serio!

- Así es médico, pero no se preocupe, usted parece buena gente. Me gustaría invitarlo a mi casa para matarle un cochinito y tomar un mezcal que preparo. ¿Qué dice médico?, somos de campo medico, pero muy amigables y muy derechos. Lo espero el domingo a las 2 de la tarde.

- Muchas gracias Don Chendo, lo veo el domingo.

- Vivo cerca del puente, en el camino, afuera hay un árbol de mango.

Después de esa charla con el campesino, Tenoch decidió no despreciar la invitación, sintió que era provechoso conocer gente y hacer amistades. Un año en el pueblo y sin relaciones amistosas realmente era difícil.

Tenoch estaba dirigiéndose a la casa de don Chendo y aprovechó para ver el río que cruzaba el pueblo, era limpio, cristalino y con una velocidad y agresividad, sin él toda esa región no viviría. Mucha gente se atrevía a nadar o cruzarlo sin protección. En ambos lados del río se veía que verdes eran las huertas de mango. Los olores de la tarde en la rivera del río, lo ponían en contacto con la naturaleza y agradecía el estar en ese lugar.

Al tocar la puerta de la casa de adobe, Tenoch observó que era muy humilde la casa, pero muy limpia y organizada. Con la infinidad de árboles, daba una sensación de tranquilidad entre las sombras de cada hoja y el calor del día.

Don Chendo salió con una sonrisa a recibir al joven médico.

Al instante grito:

- Vieja el médico está en casa, trae el mezcal y limones.

Bebieron una botella entre los dos hombres. Don Chendo había preparado un marrano frito, que Tenoch no paró de disfrutar. El campesino presentó a su esposa

y a sus 12 hijos. Una de sus hijas era de la misma edad que el joven médico y Tenoch no paró de mirarla, pero con mucha discreción, pero las miradas eran recíprocas. El joven médico se sintió tan feliz en ese momento y pensó que había hecho la mejor decisión de aceptar la invitación a comer.

En el calor de la copas, Don Chendo le comentó sobre la situación del campesino, la explotación que vivían por parte de la familia Negrón, sobre sus planes para buscar mas alternativas económicas y recomendaciones para que el joven médico estuviera protegido de situaciones que pudieran ocurrir. En ese momento, a Tenoch se le ocurrió una idea para ayudar a su nuevo amigo.

- Don Chendo, le propongo algo, veo su situación y quiero ayudarle. Hasta este momento, mucha gente me paga en especie, tú sabes con animales o con maíz; así que yo acepto esas cosas, tú me ayudas a venderlas y vamos en partes iguales.

- Pero médico, usted no debe hacer eso, es su trabajo.

- No, esta bien, ¿que voy hacer con esos animales?, ¿con los productos? En serio, ayúdame a venderlos, pero fuera de aquí, no quiero problemas con la gente.

- Esta bien médico, me parece buena idea, trato hecho.

Al concluir dicho trato, desde ese momento el campesino y el joven médico hicieron un negocio que nadie sabía. Los dos ganaron mucho dinero, Don Chendo almacenaba los animales y los productos que Tenoch recolectaba con las consultas; en poco tiempo su negocio era muy próspero. En unos meses se relacionaron con el zoológico de la capital del país y dicho lugar les compraba animales viejos para ofrecer a los carnívoros del zoológico.

Después de esa relación comercial, Don Chendo le ofreció a Tenoch si aceptaba ser padrino de sus últimos dos hijos, Tenoch aceptó con agrado, porque era algo nuevo en su vida; sintió que la amistad entre los dos era muy fuerte. Pero Tenoch no podía quitar de su mente a la hija de Don Chendo, al mismo tiempo pensaba que si andaba con la hija de él, acabaría con la amistad, pero el tiempo era sabio consejero y decidió esperar.

X.

Raquel siempre había soñado con tener un novio que la quisiera, la respetara y que la llevara al altar. Así le habían inculcado desde niña, y seguía con esa idea; desde que vio a Tenoch, sintió una atracción hacia él, no se lo quitaba de la mente; pero al igual que él, pensaba que si se relacionaban, seria un gran problema con su padre. Ella decidió dejar las cosas al tiempo.

Ella vivía una situación difícil con su familia. Estaba a cargo del cuidado de todos sus hermanos menores. Cocinaba y ayudaba a su madre en cualquier labor de la casa, por tener esa vida, nunca asistió a la escuela. En ella, existía esa necesidad de tener educación, pero se vio truncada porque su hermano mayor se había involucrado en un problema con Don Pablo Negrón, debido a que su hermano se había enamorado de la chica que a Don Pablo le gustaba y lo amenazo de muerte; se refugió en los Estados Unidos y por dicha razón, ella tomo el rol de la hermana mayor y de apoyar a la familia.

El día de mercado eran los sábados muy temprano por la mañana; las mujeres del pueblo realizaban ahí sus compras; y claro la hija de Don Chendo era la encargada de comprar los comestibles para la casa.

Ese día Tenoch, estaba almorzando en la fonda las mercedes, sabía que Raquel cada sábado iba de compras y era el único momento de acercarse a ella. Pero tenia que ser muy inteligente, porque la gente del pueblo era muy dada a hacer chismes y rumores rápidamente. Primero tenía que pensar sobre la reacción de Don Chendo y segundo el cacique del pueblo.

Mientras almorzaba observó de lejos a Raquel, que estaba comprando cerca del restaurante y se le ocurrió algo, comentó:

- Doña Mari, ¿le puedo pedir un favor?
- Si, dígame Doctor, ¿en que puedo servirle?
- ¿Le podría dar esta nota a aquella chica?
- ¿A cuál?
- La que tiene el pelo negro muy largo y lleva el vestido negro
- Ah, ¿la hija de Don Chendo?
- Si ella, por favor, diga que si, ¿por favor?
- Claro, no se preocupe. Déme la nota, yo se la doy.
- Gracias Doña Mari.

La mujer fue discretamente acercándose a Raquel y le dijo en voz baja:

- Toma esta nota y no preguntes nada.
A Raquel le sorprendió como fue la situación. Solo abrió la nota, observó hacia el restaurante y vio al joven médico

comiendo y observándola. Ella solo sonrió y siguió comprando sus mercancías.

Tenoch sintió un alivio en su interior, terminó de comer y solo le dio las gracias a la dueña del restaurante. Se retiró con una felicidad y tranquilidad, que no había tenido nunca.

La nota decía que si se podrían ver cerca del río, cerca de su casa, el domingo a las 8 de la noche. Desde ese momento los jóvenes estuvieron saliendo a escondidas, nadie sabía en el pueblo de su relación. Con los meses,

Don Chendo se dio cuenta de la relación, no se opuso, dio el visto bueno. A la madre de Raquel nunca le había gustado dicha relación. Le decía a su hija que iba ser tormentosa, porque él era gente preparada y que solo iba estar un año. Y que tal vez, él quería jugar con ella, sin ofrecer nada para ella, es decir matrimonio.

XI.

Eran las 7 de la tarde cuando Don Chendo inicio con una tos que no paraba y vomitaba sangre. La esposa de Don Chendo, empezó a gritarle a Raquel y le dijo que fuera por un médico, porque su padre estaba mal. Raquel fue rápidamente a buscar a Tenoch. Llegó rápidamente a la habitación donde estaba exhausto el joven médico, por haber sido un día largo de atención medica. Al tocar la puerta Raquel dijo:

- Disculpa que te moleste, pero mi padre está enfermo, ayúdame por favor.

- Si claro, espera voy por mi maleta de medicina.

Enseguida llegaron a la casa de Don Chendo. Rápidamente el joven médico observó la situación del campesino y solo le comentó:

- Chendo, lo que tienes hay que atenderlo en la capital, rápidamente, el tiempo es oro. Vámonos, te acompaño y necesitamos irnos en taxi, yo no puedo hacer nada aquí. Dime ¿Que hacemos?

- Estoy en tus manos médico.

Esa misma noche llegaron a la capital. Don Chendo estaba hospitalizado, le realizaron una serie de quimioterapias.

El medico encargado del área de cáncer, solo le comentó a Tenoch:

- Disculpa pero el estado del señor es grave, solo te puedo decir que le quedan solo días de vida. Lo siento.

Al escuchar eso, el joven médico entro a la habitación de Don Chendo y le dijo en un tono bajo cerca de su oído:

- Chendo, disculpa pero tengo que ser franco contigo. El médico me dijo que no hay posibilidades de curarte, tienes muy avanzado el cáncer; solo tienes unos días de vida.

El campesino, solo sonrió y dijo:

- Lo se médico, no te preocupes, no puedo más con esto. Pero quiero pedirte un favor, de compadres y como amigo. Tú sabes, no hay quien me apoye en el pueblo, ¿podrías ayudar a sacar a mi familia del pueblo?. No se que va a pasar si muero, ¿quien los apoyará? Tú sabes, mi familia los Negrón no me quieren por ser honesto y trabajador. También, sácame de aquí, no me quiero morir en este lugar, quiero estar cerca de mi tierra, sentir el sol y escuchar el río cuando corre.

- No te preocupes, así será.

Después de esa platica, decidieron regresar al pueblo. Durante el camino, solo Don Chendo fue cerrando los ojos y a mitad del camino había muerto con una sonrisa, pensando que estaría cerca de su amado pueblo.

XII.

Don Pablo se había dado cuenta de la relación del joven médico y Raquel. A él no le importaba si era su pariente más cercano, toda mujer le apetecía. En anteriores situaciones, había tratado de violar a Raquel. Por suerte había escapado de esas situaciones. El hombre ya estaba planeando hacer algo en contra del joven médico; tenía en mente amenazarlo lo más pronto posible. Pero decidió esperar hasta la fiesta del pueblo, porque la gente estaría muy ocupada en la fiesta y nadie se daría cuenta de sus planes.

Por lo tanto, Tenoch ya había hecho planes con la esposa de Don Chendo y Raquel, para que abandonaran su casa, los animales y sus pocas pertenencias para irse a vivir a la capital; pero tenía que ser en una forma secreta, para que nadie viera en el pueblo y no dejar rastro de la huida. Fue el plan del joven médico, para que la familia Negrón

no se diera cuenta de su paradero. Y así iniciar una nueva vida fuera del pueblo; programaron la salida para el día de la fiesta del pueblo.

XIII.

La fiesta del pueblo era en marzo. Había todo tipo de comidas, bebidas, artesanías de muchos lugares del país, fuegos pirotécnicos, muchas misas y muchos deseaban casarse ese día.

Mientras la gente estaba de fiesta, la esposa de Don Chendo ya tenía a todos sus hijos y sus pocas pertenencias en un carro alquilado para irse, e iniciaron la salida del pueblo. Raquel estaba esperando en la clínica al joven médico, para que él la llevara con más cosas en otro vehiculo.

El astuto Don Pablo fue en su carro a ver si encontraba al joven medico en la clínica, y para sorpresa vio a Raquel sentada afuera de la clínica, el hombre se acercó a ella y le dijo:

- ¿Qué haces aquí?, ¿A quien esperas?
- Que le importa.
- Supe que se murió mi tío Chendo, que en el infierno estará, ja, ja, ja.
- Por favor no me hable así de mi padre.
- A mi no me tratas así, hija de puta.
- Déjeme sola.
- ¿Esperas a ese maldito medico?.
- Si, ¿porque?
- Con que estas saliendo con el, mmm..., sabes que eso no me gusta. Tendrás que ser mía.

Don Pablo, la agarro de los brazos tratando de besarla y al mismo tiempo intentó subirla a su auto, Raquel opuso resistencia. En ese instante, el joven médico llego a la clínica, porque sabía que Raquel estaba esperándolo. Observó de lejos que un auto estaba estacionado en la clínica y vio la escena de Don Pablo y Raquel.

Al llegar cerca del auto, Tenoch le propició un golpe en el rostro a Don Pablo. Don Pablo cayó, se levantó, sacó su arma, y le dijo:

- Maldito médico, este es tu fin. Nunca me gustó tu presencia en el pueblo.

El joven médico, se quedó petrificado al ver el arma; mientras tanto Raquel corrió a refugiarse en un lugar donde ellos no la vieran.

Don Pablo comenzó a disparar su arma y descargo todos los tiros. Solo Tenoch sintió esas ráfagas en su cuerpo y terminó en el suelo. Don Pablo después del acto, subió a su auto y huyo de la escena, y se fue a refugiar en la feria del pueblo.

Después de que Raquel vio huir a Don Pablo, se acercó al cuerpo del joven medico, comenzó a llorar y se dirigió a la feria.

En las pertenencias que tenia en su poder, recordó haber visto el arma de su padre. Fue por la arma. Decidió ir a la fiesta del pueblo.

Imaginó donde encontrar a Don Pablo, lo buscó en la muchedumbre de la plaza principal, en el templo y como no lo encontró, decidió ir a la casa del hombre. Entro a la casa, observó que la puerta principal estaba abierta y no vio a nadie. Ella sabía donde estaba el lugar donde Don Pablo recibía a sus visitas.

Entro y vio que Don Pablo estaba en el lugar que ella sabia, estaba intentando violar a la chica del mantenimiento de su casa, Raquel dijo:

- Don Pablo, ¿cómo esta?, ¿se acuerda de mí?

El hombre dejó a la chica, impresionado por escuchar la voz de la Raquel. Intentó ir por su arma, pero en ese instante Raquel le disparó todas las balas del arma, hasta que sintió que ya no tenía mas balas. La chica del

mantenimiento solo corrió a refugiarse. El hombre no pudo hacer nada, solo en sus últimos momentos de vida, puso observar como lo mataban.

Después, Raquel vio que el hombre había muerto, salió de la casa de Don Pablo con rumbo a la capital para encontrarse con su familia, recoger el cuerpo del joven medico, iniciar una nueva vida y con un hijo en su vientre de tres meses.

Portland. Septiembre-2010

VIII. LA PRINCESA
AFRICANA

DIA 1
11:00 PM

ESA NOCHE DE AGOSTO SERÍA MUY INTERESANTE EN LA VIDA de Andrés. Él acababa de llegar del trabajo, se sentía muy cansado y lo primero que hizo fue encender la computadora de su habitación; tenía tiempo sin ninguna relación amorosa. Había intentado conocer chicas en distintas formas y con la actual tecnología se había inscrito en un sitio en la red. Dicho sitio tenía conexión internacional. Una semana antes había puesto su perfil y comenzó a enviar correos a distintas chicas de su ciudad, de otros estados y países.

Ver el sitio para buscar pareja era algo cotidiano en la vida de Andrés, pero esa noche, en su bandeja de entrada estaba un solo correo y éste le pareció extraño porque era en español e inglés al mismo tiempo. Sin esperar, abrió el correo e inició la lectura, decía:

Hola mi nombre es Helen Meyer. Me pareces muy interesante y eres muy guapo. Soy de Senegal, te envío unas fotos mías, disfrútalas. Espero tu respuesta.

La reacción de Andrés fue de sorpresa, y al mismo tiempo de extrañeza, no se esperaba que una mujer desde el otro del lado del mundo le respondiera. Pero le mandó información básica sobre él. Esa noche fue larga y al otro día le esperaba algo más…

Día 2
10:30 P.M.

El día fue largo y con ansiedad por ver su correo; al abrirlo, observó que tenía una nueva respuesta, el correo decía:

Hola nuevamente, soy tu amiga Helen. Quiero decirte más cosas sobre mí, vivo en un centro para refugiados de la guerra; la inestabilidad de mi país hizo que huyera, pero pude llegar a Ghana gracias a una organización de apoyo humanitario que es católica. En el refugio vivimos como 500 personas. Disculpa que te cuente mi vida, pero ha sido horrible, los militares mataron a mi familia. Yo fui la única sobreviviente y pude escapar de los asesinos, crucé muchas fronteras hasta llegar a Ghana.

Mi padre era ministro y médico en mi país, mi posición era muy buena pero desgraciadamente no puedo seguir con mi antigua vida. Estoy frustrada en este refugio, ¡necesito tu ayuda!

Helen.

Andrés terminó de leer el correo electrónico de la mujer al otro lado del continente. Estaba intrigado, no podía descifrar si realmente esa mujer necesitaba de su ayuda; al mismo tiempo pensó: no tiene caso involucrarse con gente que no conozco y creyó que era una broma. Sólo contestó esto como respuesta para la chica:

"Por favor dime, ¿en qué forma te puedo ayudar?".

DIA 3
11:00 P.M.

Andrés estaba muy cansado, esa había sido un día muy largo por tanto trabajo. Como siempre, lo primero que hacía al momento de llegar a su habitación era encender su computadora y ver su correo electrónico.

Al momento de hacer contacto en su correo apareció nuevamente un mensaje de su admiradora y decía:

¡Hola amigo!, Espero estés bien. Lo primero que quiero comentarte es que estoy cansada de vivir en este refugio, y la forma en que me puedes ayudar es a salir de aquí. Te comentaré cómo, he estado conversando con el sacerdote encargado del refugio, sobre la forma de salir de aquí y cómo me puedes ayudar a hacerlo.

En ese instante Andrés pensó que todo esto era muy extraño. Él mismo se decía "no tiene caso involucrarse en cosas así, es perder el tiempo". Las palabras de Helen continuaban en el correo:

Quiero comentarte algo muy importante que no he dicho a nadie aún. No te conozco personalmente, pero me inspiras confianza y te diré algo, si tú me ayudas a salir de aquí, existe dinero en varias cuentas en un banco en Vancouver, Canadá. Pero te preguntará ¿cómo?, ¿Qué significa eso?".

¿Recuerdas que te dije que mi padre fue asesinado junto con el resto de mi familia?, Mi padre como era ministro de gobierno, realizaba viajes constantes al extranjero y al mismo tiempo se dedicaba a su profesión de médico. Él recaudó mucho dinero por sus investigaciones médicas. Yo sé toda esta información por ser la hija mayor, siempre mi padre me tenía confianza y me proporcionó la documentación necesaria por si algún día le sucedía algo.

No sé por qué él presentía algo, hoy lo entiendo; todos los documentos los tengo en el refugio. Por favor, dime qué piensas, ¿quieres ayudarme?

Si decides ayudarme, te enviaré un correo con todas las copias de los documentos para que contactes los bancos en Canadá, lo único que sé es que necesitas estar comprometido y después estar casado conmigo para que tengas acceso a la cuenta de mi padre, y con ese dinero me puedes recoger en Ghana sin ningún problema. Déjame decirte que la cantidad de dinero, asciende a 50 millones de dólares, con ese dinero creo que tendrías para todos tus gastos de viaje y al mismo tiempo para que vengas por mí y nos vayamos lejos.

El nombre del banco canadiense es Royal Standard Bank, mañana te envío los faxes de los documentos, espero tu respuesta. Necesito tu ayuda.

Helen.

Al concluir de leer el correo, Andrés no sabía qué pensar. Lo primero que se le ocurrió fue que parecía muy buena la recompensa por hacer el esfuerzo de sacar a esa mujer del refugio y obtener un buen capital por ayudarle, y nada mejor que asegurarse de por vida.

Volvió a ver las fotos de la mujer y realmente era muy hermosa; optó por responder el correo:

Por supuesto que quiero ayudarte, envía la documentación, no te preocupes, te sacaré de ese refugio.

Andrés

DIA 4
11:00 P.M.
Otro día más, Andrés estaba intrigado, llegó a su habitación y como algo rutinario abrió su correo electrónico y lo primero que vio fue el correo de Helen.

Hola amigo, aquí están los archivos de los documentos, espero que te contactes con la gente del banco, lo único que tienes que decir es que nos vamos a casar y que eres mi prometido para que tengas acceso a las cuentas. Espero tu respuesta. Se me olvidaba, el nombre de mi padre es Michael Meyer.

Al terminar de leer el correo, Andrés se propuso a realizar una investigación sobre el banco, el padre y los estados de cuenta en los archivos que Helen había enviado.

Lo primero que hizo fue ver si realmente existía el banco canadiense. Al entrar en el sitio de la red vio que el banco existía y por supuesto, era un banco muy importante en Canadá. En segundo lugar, empezó a ver sobre quién era el hombre, el padre de Helen. Puso el nombre de él en la red en el buscador y acertadamente el nombre apareció con un historial como científico y cargos públicos en el país africano donde fue asesinado.

Hasta el momento, todo indicaba que era cierto lo que decía la mujer. Y en lo último que decidió poner mucha atención fue en los documentos del banco. Lo primero que le impresionó a Andrés fue la primera cuenta y por supuesto, la cantidad de dinero en la misma.

La primera cuenta contenía 50 millones, la segunda 6 y la última 4 millones de dólares canadienses. Fue tanta la impresión sobre esa información que le pareció tan extraño y al mismo tiempo, tan tentador, que buscó la opinión de su mejor amigo, "El Gordo".

Andrés lo llamó esa noche para confesarle lo que había vivido en los últimos días. La respuesta del "Gordo" fue que andaba con unos amigos en una fiesta y que no tenía ganas de escuchar historias locas; por lo que Andrés le dijo que si quería ganarse dinero, entonces, entre la borrachera, "El Gordo" le dijo que llegaba en 30 minutos a su casa.

La labor de convencimiento de Andrés no duró mucho, al llegar su amigo comenzó a explicarle detalle a detalle sobre lo ocurrido, incluido los correos de la mujer, las cuentas bancarias, el padre y el banco que en verdad eran reales. Pero Andrés quería una opinión de su amigo. La opinión del "Gordo" era interesante.

"El "Gordo" tenía su historia, en breves palabras él había trabajado con el crimen organizado en diferentes ámbitos, ya fuera vendiendo drogas, armas, robos de autos, seguridad privada de negocios y centros nocturnos. Entonces para Andrés, tener una visión diferente, sería muy interesante.

Al escuchar "El Gordo" lo que decía Andrés, sólo le brillaban los ojos al ver la cantidad de dinero que se podían ganar.

La primera opinión del "Gordo" fue escribir al banco y pedir informes de las cuentas, esto fue lo primero que optaron hacer como trabajo en equipo esa noche.

El mensaje estaba dirigido al director general del banco canadiense en un inglés de diccionario y desvelado.

Que tal Sr. Director:

Soy el prometido de la señorita Helen Meyer. Me gustaría saber sobre qué necesito para acceder a las cuentas bancarias que tiene la señorita Meyer. Como su prometido, ella me dio esta información. Ya que por razones políticas que vive su país, ella no puede ir personalmente a Canadá, así que espero su respuesta sobre lo que necesito hacer, gracias.

Atte. Andrés Rodríguez.

Esa noche Andrés y "El Gordo" tenían ideas sobre qué pasaría si obtendrían ese dinero y las implicaciones de viajar a Canadá e África. La noche era digna para festejar con tequila.

DIA 5
5:00 P.M.

Esa tarde, Andrés se reportó enfermo, con resfriado y fiebre en su trabajo, lo cual era la solución para llegar al cibercafé más cercano; era mucha su desesperación por ver su correo electrónico. Llegó al lugar, abrió su correo y contenía dos mensajes, uno era del banquero y otro de su casi prometida africana.

El banquero decía:

¡Que tal Sr. Rodríguez! ¡Gracias por su correo. Así es, la señorita Meyer tiene 3 cuentas con nosotros. Sólo me gustaría confirmarle que para acceder a estas cuentas tendrá que mostrar documentación del banco, documentos de sus países de origen y que la señorita presente documentación de acredite ser hija del Dr. Meyer. Espero su respuesta.

Director. S. Alexander

Y el correo de Helen decía:

Espero te hayas puesto en contacto con el banco. Estoy deses-
perada de vivir aquí, el dinero será de nosotros, sólo ayúdame
a salir de este país. Espero tu respuesta.

Helen

Después de ver los correos, lo primero que hizo Andrés
fue hablar con "El Gordo" sobre los últimos correos que
había recibido, por lo que optaron por reunirse esa noche
y hacer un plan sobre el asunto.

A las 11 de la noche ya estaban reunidos en la casa de
Andrés, el plan era enviar un correo a Helen sobre la
respuesta del banco y pensar en una respuesta para el
banquero. La respuesta al banquero era simple, se le
daban las gracias por su respuesta y le dirían que próximamente se verían en Canadá. El plan consistía en
acceder a cualquier cuenta del banco, es decir, obtener
una cantidad para viajar a Vancouver y Ghana. Haciendo
las cuentas, decidieron pedir 20 mil dólares para gastos
de avión, hoteles, comidas e imprevistos. Entonces decidieron enviar otro correo al director del banco pidiendo
esa cantidad de dinero, pero previamente le explicaron
que no estaban en Canadá y tampoco en África, sino en
México. Dicho correo fue la clave para el acceso al oro
africano.

DIA 6
2:00 PM

Al banquero le tenía intrigado cómo se había hecho
la situación de los correos, le parecía extraño. En ese
momento, pensó que era el momento de ponerse a trabajar sobre el plan que tenía previsto desde hace muchos
años, el cual consistía en acceder a esas cuentas bancarias; él sabía bien que el Dr. Meyer había sido asesinado.

Uno de los inconvenientes era que había aparecido un prometido de la hija del doctor y era extranjero.

Lo primero que realizó el señor Alexander, fue arriesgarse a que el extranjero tuviera acceso solamente a 2 mil dólares. Después, cuando estuviera en Canadá, trataría de llevar a cabo su plan.

El señor Alexander le respondió a Andrés:

¡Que tal Sr. Rodríguez!, Le comento que solamente tendrá acceso a 2 mil dólares, y si le parece tendremos una cita cuando usted me lo solicite. Entiendo que tendrá que viajar hasta Vancouver. Espero su respuesta.

Sr. Alexander

Al ver Andrés el correo, le pareció suficiente dinero para lo proyectado, los boletos de avión, comida y el hospedaje, para él y "El gordo". Esa misma noche Andrés le envió una respuesta al banquero, preguntándole qué día tendrían la cita y dándole el número de cuenta que tenía en México para que hiciera el depósito. Hasta el momento todo iba bien y Andrés decidió enviar un correo a Helen para informarle lo qué estaba sucediendo y que la visita a ese país africano estaba muy cerca, para que al fin se reunieran y sacarla de ese sitio.

DIA 7
11:00 A.M.

Andrés había salido de su trabajo, como cualquier día de su vida cotidiana. En su oficina tenía prohibido ver cualquier sitio de la red, pero él tenía que ver qué estaba sucediendo con el banquero y Helen. No le importaban las reglas de su trabajo. Lo primero que hizo fue acceder

a su correo electrónico y justo cuando estaba abriendo el correo, hacía unos 20 minutos que el banquero ya le había enviado una respuesta:

Sr. Rodríguez, hace unas horas el banco le acaba de depositar a su cuenta bancaria 2 mil dólares. Su número de contraseña es 333-45-4745 bajo el nombre de Royal Standard Bank. Espero su respuesta para tener una cita próximamente. Hasta luego.

Dir. S. Alexander

Cuando Andrés vio el correo, no podía creer que le habían depositado esa cantidad de dinero. En ese instante, tomó

su saco y se dirigió al responsable de su oficina diciendo que tenía un asunto muy grave en su familia y necesitaba irse rápidamente. Tomó un taxi al banco donde tenía su cuenta. Cuando estaba en la ventanilla bancaria, dio el número de cuenta y tuvo el dinero en sus manos, decidió hablar a su amigo sobre su plan. "El Gordo", cuando escuchó que Andrés tenía el dinero en sus manos, fue rápidamente a encontrarse con él y se dirigieron a comprar los boletos de avión directo a Vancouver.

Fueron a la agencia de viajes y había una salida diaria a la ciudad canadiense y optaron por irse lo más pronto posible. Compraron los boletos de ida y vuelta, como les recomendaron en la agencia de viajes, un requisito que el gobierno canadiense exigía en ese momento para los turistas que se internaban en ese país del norte. Ese día, ambos jóvenes solamente avisaron a sus familias de que iban de viaje a Acapulco por unos días. Sólo agarraron sus mochilas con unas cuantas ropas y unos buenos suéteres e impermeables para el frío y la lluvia de la ciudad canadiense. Los jóvenes ya tenían un plan y no había cambiado; Andrés llevaba lista la información de los requisitos que el banquero le había solicitado y con ganas de acceder a ese dinero y así irse al África.

DIA 8
10:00 A.M.

Andrés y "El Gordo" estaban sentados en el avión de mexicana que llegaría en unas cuantas horas a la ciudad canadiense. Al llegar al aeropuerto de Vancouver, pasar todos los requisitos de entrada al país y recoger

su equipaje, lo primero que hicieron fue tomar un taxi
con dirección al Royal Standard Bank. Sus mentes sólo
estaban enfocadas en la recuperación de ese dinero.
El banco se localizaba a unos 30 minutos del aeropuerto,
en el corazón de la ciudad. Andrés observaba lo hermoso
de la ciudad, con una nubosidad densa y una lluvia constante. A lo lejos se observaban las grandes montañas
nevadas y con el mar al lado, le daba una hermosa vista
por cualquier ángulo que se le viera.

El taxi los dejó en la parte más cercana del banco; en el
corazón de la ciudad. Observaron el inmenso rascacie-
los que albergaba el banco. Descendieron y se dirigieron cautelosamente a la entrada principal. Los jóvenes

solamente se vieron el uno al otro, sin más que decir, sólo se interpretaron el pensamiento de entrar al banco y descifrar qué les esperaba con dicha aventura.

Existía una rígida seguridad, por ser base central de la zona noroeste canadiense, se acercaron a un área de información y Andrés preguntó sobre el Sr. Alexander, con un acento muy fuerte en inglés, pero eso no fue impedimento de comunicación. Andrés ya tenía en mente lo que iba a preguntarle al director del banco, ya tenía bien organizada su información en inglés, pero también le comentó al "Gordo", si es que él tenía alguna idea y que se la dijera, en caso de que él no pensara en alguna mejor. La mujer del área de información los envió a la sala de espera, donde esperaron por su cita.

Esperaron unos diez minutos en la sala de espera, a lo lejos observaron que caminaba muy erguido, pero lentamente, un hombre de unos 50 años. El banquero al acercase a ellos sólo les dijo:

- Bienvenidos a Canadá. Por favor síganme.

Los jóvenes lo siguieron a la oficina. Lo extraño de la situación es que las personas que laboraban en el banco los vieron como seres extraños y con cierta desconfianza.

El Sr. Alexander los condujo a su escritorio, él tomó asiento al mismo tiempo que los jóvenes y comenzó a hacer preguntas:

- Muy bien, ¿Quién es el Sr. Rodríguez?

- Soy yo, Sr. Alexander. Él es mi amigo, sólo viene acompañándome.

- Perfecto Sr. Rodríguez. Ha sido muy interesante la situación de las cuentas del Dr. Meyer; pero ante todo, que ahora pertenecen a la hija del Doctor, pero me gustaría saber, ¿cómo conoció a hija del doctor?, Usted sabe, quisiera saber más al respecto.

- Señor no me gustaría dar esa información, solamente quiero saber qué va a pasar con esas cuentas y que nos vamos a casar próximamente. Ud. sabe, necesitamos dinero para la boda.

- Entiendo y disculpe la pregunta. Sólo quiero verificar los documentos de identificación de su país, pasaporte y lo más importante, las cuentas del banco de la señorita Meyer.

- Muy bien, permítame. Aquí están mis documentos y las cuentas del banco.

-OK, por favor, deme unos minutos para verificarlos. Regreso en unos minutos.

El hombre salió de la oficina. En ese momento, "El Gordo" se sentía frustrado por no hablar inglés y le dijo a Andrés:

- Puta madre, este cabrón me está molestando. Ese banquero me da mala espina. Lo puedo ver en su cara. Tal vez entre ratas nos podemos oler, ja ja, ja, ja. Pregúntale qué más necesitamos hacer Cabrón, ponte listo en este asunto, necesitamos salir de pobres, es nuestra oportunidad.

- Tu tranquilo, esperemos qué nos dice.

El banquero regresó, se sentó en su silla del escritorio, sonrío y comentó:

- Señores, les comento que los documentos corresponden a la información que tenemos, pero la pregunta es: ¿Ustedes quieren todo el dinero?, También la señorita tendrá que firmar personalmente y el problema es que no se puede acceder al total de la cuentas. Esto sería en algunos meses para tener el dinero así que, ¿alguna pregunta?

- Sr. Alexander, el problema es que mi prometida no puede salir de la zona hasta que yo vaya por ella hasta Ghana y también hasta que me case con ella en el refugio. Y después podremos venir hacer lo que usted comenta, pero mi pregunta es si podemos acceder a una cierta cantidad para hacer los trámites de casamiento, boletos de avión, usted sabe, los gastos que implican ir al África y regresar aquí.

- Sr., Rodríguez, le comento que podría acceder solamente a 10 mil dólares. Creo que eso es suficiente para sus gastos. Después la señorita podrá acceder a todas las cuentas sin problemas.

- Mmm... ¿no podría acceder a más?, Eso no me alcanza para mis planes. Usted sabe, voy a África.

- Disculpe pero no se puede. Es la ultima palabra de este banco y si gustan les puedo hacer el cheque ahora mismo y disculpen, tengo que atender a otros clientes.

Los jóvenes se vieron, "El Gordo" le dijo a Andrés que lo aceptara y que al banquero le quería romper la cara. Andrés sólo le dijo "no digas eso, pero bueno, aceptemos el dinero y vámonos de aquí".

Después de obtener el cheque, los jóvenes se dirigieron a la caja a cambiarlo. Realmente era mucho dinero para lo esperado. Salieron del banco y se dirigieron al centro de la ciudad para comer, conocer la ciudad y alquilar una habitación para pensar sobre el siguiente paso, que era ir al África. Esa noche pensaron una diversidad de planes, pero para "El Gordo", era un buen momento de tomar ese dinero y recomendó:

- Sabes qué, mejor dejamos esto por lo paz. Con ese dinero es suficiente para estar tranquilos; mejor nos regresamos a México.

- Pero, ¿Qué hacemos con la chica?, ¿La dejamos así a su suerte?, recuerda que es mucho dinero.

- Lo sé, pero no creo que valga la pena.

- Intentemos ir a África ¿Qué perdemos? Ganaremos millones de dólares cabrón.

- Sí. Pero sabes, no me gustó la forma como nos trató ese banquero. Te aseguro que hay algo que va a pasar. Te lo digo, no me da buena impresión ese cabrón.

En el momento que los jóvenes estaban discutiendo. Escucharon el teléfono de la habitación, Andrés levantó la bocina y escuchó:

- Andrés Rodríguez es mejor que se vayan de Canadá, tienen 24 horas para se retiren y nunca regresen.

Después de esa frase, la persona que había llamado colgó y Andrés se quedó sorprendido por la llamada. Ahí fue cuando Andrés entendió que "El Gordo" tenía razón sobre su percepción del asunto. Pero había algo en Él que insistía en continuar en ayudar a la princesa africana.

Andrés le comentó al "Gordo" sobre la llamada y "El Gordo" le dijo:

- Ya ves tengo razón, esa persona sabe todo sobre nosotros. Quién más que ese puto banquero sabe todo sobre las cuentas y nuestra presencia en este país; estamos a buen momento de regresarnos y dejar esto por la paz, ya tenemos 10 mil dólares, con eso nos vamos a Cancún o una borrachera de una semana.

Andrés estaba pensativo por la llamada, estaba en buen momento en retirarse del asunto. Lo primero que hizo fue ir a ver su correo electrónico, él pensaba que sería interesante comentarle a Helen lo que había pasado en

Canadá. Le dijo al "Gordo" que iba al lobby a ver su correo y pensar sobre qué iba suceder.

Bajó al lobby, preguntó dónde se ubicaban las computadoras. Se sentó en una, abrió su correo y lo primero que encontró fue:

Estimado Sr. Rodríguez, le escribe el director del centro de refugiados. Solamente para comentarle que sé de usted por que la señorita Meyer, me había dado información de lo que usted está haciendo por ella. Realmente estoy admirado por lo que usted hace; también le comento que la señorita Meyer ayer por la noche fue secuestrada de nuestro centro de refugiados. Esto es realmente muy serio porque nuestro centro de refugiados es muy seguro y tenemos seguridad las 24 horas del día. Por lo tanto, ya dimos parte a las fuerzas armadas de este país porque este asunto es muy extraño. Espero su respuesta, gracias.

Misionero Davis

Cuando Andrés terminó de leer su correo tuvo la sensación de que debería salir cuanto antes de este país y regresar al suyo, y que este asunto de la chica estaba complicándose. Él no podía ayudarla, ¿pedir ayuda internacional? ¿A quién le interesa este asunto?, ¿Organizaciones de derechos humanos? Regreso a su habitación y le comentó lo ocurrido al "Gordo".

La cara del "Gordo", era de alegría ya que sus palabras habían sido sabias sobre el asunto de esta chica. Andrés continuaba con la mirada perdida, tenía la sensación de querer hacer algo por la chica, pero entendía que era peligroso en lo que se metía.

DIA 9
11:00 A.M.

Los jóvenes despertaron como si tuvieran un cansancio de días y optaron por ir a tomar un buen desayuno y pensar en el nuevo plan; Andrés tenía una respuesta concreta sobre qué iba hacer y comentó:

- Oye "Gordo", vamos a África, es nuestra oportunidad de conocer esos lugares, me traigo una chica y a lo mejor salimos de pobres.

- Si cabrón, pero eso tiene un precio, la verdad te acompañaría, pero viendo lo ocurrido me parece lo más extraño y es cosa de meterse en muchos problemas; pero piénsalo estás a tiempo, para mí es mejor andar en la borrachera que morir en un país raro, y claro, joven ja, ja, ja, ja, ja.

Al regresar al hotel vieron una nota dentro de la habitación que decía:

"Tienen 12 horas para que se vayan de Canadá y también no intenten hacer nada sobre el secuestro de la señorita Meyer. Denla por muerta".

Andrés, al terminar de leer la nota, comprobó que debería irse lo más pronto posible.

Los jóvenes se vieron entre sí, tomaron sus cosas y salieron del hotel con dirección al aeropuerto. Cuando iban saliendo del hotel un auto estaba estacionado afuera de la puerta principal y un hombre salió de él y dijo:

- Mr. Rodríguez, mi jefe necesita hablar con usted.

Ambos jóvenes se quedaron fríos y no supieron qué decir.

En ese instante "El Gordo" aprovechó sus técnicas de maleante; se dirigió lentamente al hombre y lo golpeó,

con un solo golpe lo envió al suelo. Del mismo auto salió otro hombre y "El Gordo" le ofreció el mismo tipo de golpe y lo mandó al frente del auto.

Andrés solo observaba lo qué hacía "El Gordo" y optó por ver quién estaba dentro del auto, el hombre era el banquero, el señor Alexander, quien le dijo:

- Gracias señor Rodríguez por el recibimiento de su amigo a mis guardaespaldas. Así que, señor, creo que ya sabe qué está pasando con su prometida y con lo del dinero; le propongo algo, deme los documentos que usted tiene y le doy 20 mil dólares, es una buena oferta, ¿Qué dice?. Usted sabe que no puede acceder a esas cuentas sin la ayuda de su prometida. Aquí tiene el cheque, lo puede depositar cuando guste, este dinero es suyo, gracias por su ayuda y también, si no lo acepta, ya sabe dónde puede aparecer. Evite problemas señor Rodríguez, recuerde sólo tienen 12 horas; lo veo en 2 horas en el aeropuerto.

Andrés salió del auto y sólo vio que los hombres del banquero se introdujeron al auto y arrancaron de prisa.

"El Gordo" sólo dijo:

- Te dije cabrón, esto se está poniendo complicado.

- No te preocupes, ya tengo una solución, vámonos a México, tenemos dos horas para darle los documentos de la chica africana al banquero y por eso nos dará 20 mil dólares.

- Ja ja ja ja, eso es lo mejor que me ha pasado en la vida, sin hacer nada.

- Bueno, ni modo, vámonos de aquí ya decidí, dejaré este asunto por la paz. Pobre chica, está en las manos de un demente, este banquero de mierda. Creo que él es quien está detrás del secuestro de la chica; lo siento Helen, hice el intento.

Ambos jóvenes se dirigieron al aeropuerto de Vancouver y en la sala de espera de la línea aérea de mexicana estaban los hombres del banquero, se acercaron a ellos, sólo los vieron y estiraron la mano para recibir los documentos. Andrés sacó de su maleta los documentos, en esos instantes se sintió un traicionero, dejaba sola a Helen. Entregó los documentos a los enviados del banquero, los hombres observaron cada documento, sólo los vieron y los empujaron; pero el "Gordo" no se dejó e hizo lo mismo. Los enviados del banquero se retiraron. Andrés se sentía cabizbajo por lo que estaba sucediendo y pensaba en Helen. Era impotencia lo que tenía en sus

pensamientos, no podía hacer nada, estaba perdido en sus ideas, sólo escuchó decir a su amigo "El Gordo":

- Hey compadre, ¿compramos los boletos?, ¿nos quedamos?, Despierta cabrón es hora de regresar a casa, o ¿quieres regresar muerto? Dame el dinero que tienes, yo compraré los boletos, ya vámonos.

Andrés sólo le dio el dinero y se dirigieron al mostrador de la línea aérea y compraron los boletos. En la madrugada los jóvenes ya se encontraban en la ciudad de México, Andrés sólo quería ver su correo electrónico para ver que información encontraba sobre Helen.

DIA 10
12:00 P.M.

En el aeropuerto de la ciudad de México, lo primero que hizo Andrés fue encontrar una computadora y ver si tenía un correo del misionero o de Helen. Al "Gordo" no le agradó la idea, le parecía ya perder el tiempo y lo importante era estar en casa celebrando la aventura y la repartición del dinero, pero Andrés le comentó que ya era la última vez, que ya estaba cansado de la aventura, pero al mismo tiempo, quería saber qué pasaba con la chica.

Andrés abrió su correo y observó que el misionero le había enviado información:

Que tal Sr. Rodríguez, sólo le escribo para comentarle que la señorita Helen, según las autoridades, fue encontrada muerta en las afueras de la ciudad. Fue encontrada con señales de tortura y sus manos tenían mucha tinta. Es una situación muy extraña, lo siento mucho. Que Dios la tenga en el cielo, que Dios lo bendiga.

Al terminar de leer el correo Andrés se sintió muy mal por lo ocurrido, no podía explicarlo, pero al mismo tiempo sintió que había hecho mucho por la chica. Sólo gritó:

- Adiós, mi princesa africana.

Portland, 4 de octubre de 2010